EX

a sorpresa

Barbara Morgan

ISBN 978-1-917437-17-2

Website: http://www.ghostlywhisper.com
Facebook: https://www.facebook.com/ghostlywhisperltd
Instagram: https://www.instagram.com/ghostlywhisperltd
X: https://x.com/GW_BooksEtc
Threads: https://www.threads.net/@ghostlywhisperltd

Beauty and the Chicks Whisper

CAPITOLO 1

Daphne

Perché il mese di dicembre deve sempre essere così lungo e faticoso?

Non che tutti gli altri siano molto meglio, a dire il vero. Forse dipende da me e dalla mia vita, a questo punto.

Sollevo lo sguardo dal mio secondo caffè (con una spruzzatina di cioccolato, il mio preferito!) preso al volo prima di uscire di casa, cerco di darmi un contegno per sembrare meno sfinita e provo a fare il punto della situazione.

Ormai siamo arrivati agli ultimi giorni di dicembre, uno dei periodi più confusi di tutto l'anno, almeno per me. L'euforia prenatalizia è appena sfumata, l'atmosfera sopravvive ancora, ma soltanto nelle luci intermittenti dei balconi e nelle playlist dei negozi. Intanto, l'idea del Capodanno incombe con la forza di un gigantesco punto interrogativo. In ogni caso Londra, con i suoi addobbi scintillanti, le vetrine decorate e la folla brulicante lungo Regent Street e Oxford Circus, è sempre uno spettacolo affascinante da ammirare, da gustare senza lasciarsi logorare troppo dalle vicissitudini e dai contrattempi.

Oggi, però, il mio caffè speciale serve a ben poco e non mi consola come al solito. Sono indietro con il programma che dovrei preparare per l'agenzia pubblicitaria dove lavoro come copywriter. No, non proprio indietro. Sono nel caos totale e senza idee. E, per compensare il mio disordine interiore, anche il mio aspetto al momento è un disastro. I miei capelli, lunghi ben oltre le spalle, sono talmente ribelli che sembrano possedere una personalità propria in questi ultimi giorni, visto che le mie ciocche castane indomabili schizzano letteralmente un po' da tutte le parti. Forse dovrei modificare il mio taglio e farmi qualche riflesso per togliere un po' di opacità.

Lancio una rapida occhiata ad Alan, seduto nel salotto del mio piccolo appartamento, situato in un pacifico angolo tra Holland Park e Notting Hill. Stiamo insieme da quasi un anno, ormai, e a volte mi chiedo cosa due persone diverse come noi abbiano trovato in comune per decidere di frequentarsi e intraprendere una relazione.

Perché Alan Collins, al contrario di me, è un organizzatore nato. Forse anche per questo non è mai di corsa o in ritardo. Ammetto di invidiarlo. E magari è stata proprio questa sana invidia nei suoi confronti a spingermi a frequentarlo, nel tentativo, ancora infruttuoso, di imitarlo o di diventare un po' come lui, nei limiti del possibile, almeno. Di certo quello che svolge nell'ufficio contabile di una grande azienda di investimenti non è un lavoro creativo. Però, a soli trentaquattro anni, ha raggiunto una posizione di rilievo e riesce, allo stesso tempo, a trovare spazio ed energie anche per altri interessi, a occuparsi della sua salute, fisica e mentale, frequentando regolarmente la palestra ma anche corsi di autostima e crescita personale.

A volte credo che ciò che mi ha attratta in Alan, oltre al suo aspetto innegabilmente affascinante, con fisico asciutto ma muscoloso e folti capelli castano chiaro, sia stata l'ordinata pacatezza del suo stile di vita, l'organizzazione con cui riesce a gestire tutti i suoi impegni, incanalando ognuno di essi nel suo più adeguato tempo e spazio. Sto cominciando ad avere il sospetto che consideri anche me allo stesso modo, come un impegno da organizzare, da sistemare nella giusta collocazione. Ma almeno, quando si ferma a casa mia, riesco a svegliarmi prima del solito e a prendere la vita con un po' più di calma, visto che Alan detesta il ritardo. Anche io lo detesto, con tutta me stessa, ma purtroppo questo non mi rende comunque puntuale.

Sospiro e mi siedo accanto a lui, sul piccolo divano del mio soggiorno, continuando a sorseggiare il mio caffè e sforzandomi di riconciliarmi con me stessa e il mondo che mi circonda. Anche se la sicurezza di Alan sconfina talvolta in un leggero egocentrismo, mi compensa con piccole attenzioni che mi fanno sentire "speciale". Sempre che non sia troppo occupato a controllare le quotazioni in borsa sullo smartphone o qualche altra notizia di vitale importanza per il suo lavoro e per gli affari dell'azienda per cui lavora o per altre con cui collabora incessantemente. Non si è preso una vera pausa nemmeno in occasione del Natale, a dire il vero. Io l'ho trascorso a casa dei miei, lui con dei soci importanti della sua azienda.

Noto che si sta rigirando tra le mani una brochure. Cerco di dare un'occhiata inclinando la testa verso la sua spalla e scorgo una splendida villa, un edificio all'apparenza antico con pareti in pietra grigia, finestre eleganti incorniciate da un'edera rampicante ben curata e un viale che sembra accompagnare gli ospiti in un'altra epoca. Tutto intorno, il paesaggio della campagna inglese disegna un quadro da cartolina.

«Allora, amore, cosa ne pensi?» Alan mi porge la brochure, con uno sguardo carico di aspettative. «Ho affittato la villa con alcuni colleghi e collaboratori per festeggiare il Capodanno. È stata una scelta improvvisa, uno degli organizzatori si è tirato indietro all'ultimo momento e io ieri ho deciso di prendere il suo posto. Sarà un evento fantastico: champagne, musica, ottimo cibo… potremo staccare la spina dalla città per qualche giorno. Visto che non siamo riusciti a stare molto insieme per Natale, ho pensato che fosse una buona idea per recuperare. In realtà doveva essere una sorpresa, ma ho pensato fosse più sensato avvisarti, in modo che tu possa prepararti con calma.»

Provo un leggero brivido percorrermi la schiena mentre, con la brochure tra le mani, osservo le immagini di quel luogo incantato lasciandomi attraversare da una sensazione contrastante, tra ansia e desiderio di fuga.

Non sono mai stata una grande fan del Capodanno, nemmeno quando ero adolescente o comunque più giovane. Ora, a trentadue anni, la mia asocialità riguardo alle feste è notevolmente peggiorata. Soprattutto se non conosco nessuno dei partecipanti e ho poca confidenza con l'ambiente. Voglio dire, mi piace divertirmi, ma soltanto se si tratta di situazioni più intime e tranquille, con persone che mi fanno sentire a mio agio. So già che, con un gruppo prevalentemente composto da estranei, trascorrerò una buona metà del tempo cercando di evitare conversazioni troppo impegnative e personali. Per quanto riguarda l'altra metà, mi preoccuperò di essere troppo noiosa, troppo strana o troppo silenziosa. Troppo me stessa, insomma.

Non vorrei deludere Alan, mi dispiacerebbe smorzare il suo entusiasmo mostrandomi insoddisfatta della sua scelta. Però…

«Mmh…» Non vorrei nemmeno inventare una scusa per declinare, però credo sia meglio condividere con lui i miei dubbi. Meglio prima che poi. «Non so, forse così all'ultimo momento, io non saprei… E poi io avrei alcune presentazioni di inizio anno da preparare per l'agenzia. Le devo ancora organizzare, buona parte delle mie idee sono state approvate, però…»

«Ti prometto che ti divertirai un mondo e troverai anche un sacco di spunti creativi per il tuo lavoro! Avrai tempo e spazio per preparare le tue presentazioni. Comunque si tratta soltanto di qualche giorno, il primo di gennaio saremo già di ritorno se non vorrai restare più a lungo. E poi…» Mi attira a sé, mostrandomi ancora meglio la brochure della villa e focalizzando l'attenzione su alcune immagini. «Insomma, Daphne, guarda! Questo posto è una favola! E noi abbiamo bisogno di viziarci un po', non credi?»

«Sì, hai ragione!» In effetti ha davvero a ragione, il posto è stupendo, anche se io non ho voglia di stare in mezzo a estranei. Sono troppo stanca ultimamente, come se la mia mente e la mia creatività fossero state del tutto prosciugate dallo stress, e non sono proprio dell'umore. Però non ho voglia di discutere con lui. Ecco, sono talmente esausta da non avere nemmeno la forza di contraddirlo e far valere le mie ragioni. Tanto non l'avrò comunque vinta. «Okay! Magari sarà la volta buona per concedermi un po' di riposo e tranquillità!»

«Ecco, brava!» Alan sorride, mi circonda con le braccia e mi bacia sulle labbra. Un bacio rapido, frettoloso e decisamente tiepido. Perché, nel frattempo, mi rendo conto che sta controllando l'orologio costoso che porta al polso, uno dei preziosi regali ricevuti dalla sua azienda per i suoi meriti lavorativi. «Io devo scappare! Ho l'ultimo incontro dell'anno in azienda e sai che detesto arrivare in ritardo.»

«Certo, lo so.»

Lui si alza e io lo imito. Vorrei essere tanto rapida e scattante da seguirlo e uscire di casa insieme a lui; invece, mi trattengo e lo lascio andare. Anche per me si sta facendo tardi, tanto per cambiare, ma decido di assecondare i miei ritmi e di non correre adeguandomi ai suoi. Ultima messa a punto dei programmi per il nuovo anno dell'agenzia, poi riprenderemo con l'anno nuovo.

Ho bisogno di pensare. Di camminare da sola e con calma per riuscire a riflettere. Forse Alan non ha tutti i torti, l'idea di questa festa non è tanto male. Ma con il nuovo anno alle porte io dovrò iniziare a prendere qualche decisione fondamentale nella mia vita.

Sono stanca di trascinarmi. Sono stanca di seguire l'onda per poi rischiare di lasciarmi sempre sommergere e travolgere dalle alte maree che incombono troppo spesso sulla mia vita. Io non sono sicura e determinata come Alan, purtroppo.

Devo capire cosa voglio. E devo capirlo in fretta. Poi iniziare a muovermi per ottenere i miei obbiettivi, personali e professionali. Non posso più perdere tempo. La vita è una sola e io devo cominciare a viverla davvero, tentando il tutto per tutto per non restare costantemente tagliata fuori. Devo iniziare a osare. E anche a sfidare il destino, se necessario.

CAPITOLO 2

William

Mi sembra davvero una pessima idea!

È la mia prima reazione, naturale e spontanea, di fronte alla proposta di Amanda. Non esprimo ad alta voce il mio pensiero, ma credo che il mio sguardo sia piuttosto esplicito. Non sono mai stato molto bravo a nascondere le mie "emozioni", a meno che non si tratti di questioni sentimentali-affettive, un settore in cui, oggettivamente, mi dimostro spesso piuttosto freddo, arido.

Da quando ho iniziato a frequentare Amanda sto cercando di modificare un po' i tratti più spigolosi della mia personalità, ma non mi sembra stia funzionando granché visto che non sto facendo progressi.

Eppure, ne avrei bisogno. Non tanto per me stesso e per la mia volontà di rendermi più simpatico e socievole, ma per il mio lavoro. Soprattutto ora che, a trentadue anni, sono vicino a raggiungere, dopo tanti anni impegnativi, qualcosa di simile al successo professionale e ai riconoscimenti che credo di meritare come chef emergente nel panorama londinese.

Ho scoperto la passione per i fornelli da adolescente e, da allora, non ho mai abbandonato il mio sogno di diventare un grande chef. Per fortuna i miei genitori mi hanno sempre incoraggiato, ma il mio vero problema è sempre stato il carattere introverso. Con un po' d'impegno, riesco anche ad essere carismatico quando cucino ma, essendo un tipo piuttosto riservato, i miei rapporti con le persone sono sempre distaccati. Questo tratto della mia personalità rischia quindi di compromettermi quando si tratta di relazionarmi con clienti, giornalisti ed esperti del settore.

Amanda Lewis, invece, è l'esatto opposto di me. E immagino che sia stato proprio questo a fare la sua fortuna, visto che è diventata un'influencer di lifestyle e prodotti di bellezza. Il suo sogno è crearsi un buon seguito anche nel settore della moda e, con il suo bel viso e il suo fisico perfetto, ci sta davvero riuscendo. È sicura che sia questo il suo momento. Più volte mi ha ripetuto di non poter aspettare o perdere altro tempo, ora o mai più. Perché è convinta che, superati i trent'anni, per lei non ci sarà più alcuna possibilità di riuscire davvero a emergere. Considerato il fatto che ora ne ha ventisette, le restano soltanto tre anni scarsi per riuscire nella sua impresa.

«Tesoro, tu ci devi essere! È un party esclusivo, qualcosa di veramente speciale. Davvero, amore, non puoi mancare! Capisci, ci saranno persone super, ci faranno un sacco di scatti e di storie in diretta. Sarà un'opportunità incredibile anche per te e il tuo ristorante, potresti conoscere gente influente nel settore. Sappiamo entrambi quanto ne hai bisogno, soprattutto in questo momento di svolta nella tua carriera. E poi è Capodanno, l'occasione perfetta per brindare ai tuoi prossimi progetti…»

Amanda mi investe con il suo fiume di parole inarrestabili già di prima mattina. È irrefrenabile, l'entusiasmo non le manca mai, questo è certo! Devo anche ammettere che la sua presenza mi aiuta sempre a darmi una "bella svegliata" quando decide di fermarsi per la notte nel mio appartamento di South Kensington. Mi ha anche aiutato a completare l'arredamento, prima decisamente minimalista, aggiungendo dei mobili modernissimi e un grande tappeto chiaro nel soggiorno. Dà luce all'ambiente, secondo lei.

La sua proposta riguardo a Capodanno, però, mi coglie quasi del tutto impreparato. Insomma, sospettavo che avesse in mente qualcosa ma… non sono sicuro di voler trascorrere l'ultima notte dell'anno in mezzo a degli sconosciuti, obbligato a sorridere per gli scatti fotografici e le dirette organizzate da Amanda per i suoi vari profili social. In realtà sognavo una serata tranquilla, magari cucinando qualcosa di speciale per un numero ridotto di amici. Poi magari sarei andato a trovare i miei, il giorno seguente.

Per Amanda però non funziona così, il suo lavoro consiste in una vetrina continua, un'esposizione perenne di tutto ciò che fa, che mangia, che beve, che indossa, che acquista. È perennemente alla ricerca di like e di collaborazioni con marchi di cosmetici e accessori alla moda. In questo modo, io mi ritrovo a fare da comprimario alla sua sete di celebrità, nell'irrealistica speranza che anche la mia reputazione come chef possa trarne beneficio in qualche modo. Ma, in tutta onestà, sto iniziando a dubitare che tutta questa sovraesposizione valga davvero la pena.

«Non so…» Mi passo una mano tra i capelli e mi soffermo sulla nuca, titubante. «Pensavo di passare un Capodanno più intimo. Non mi sento troppo a mio agio in questo tipo di eventi, e poi dovrei preoccuparmi di ogni parola che dico, di come mi vesto…»

Amanda sospira alle mie parole e mette il broncio. Uno dei suoi tipici bronci sexy che piace tanto ai suoi follower. E anche a me, devo ammetterlo. Intanto allunga la mano, curatissima e dalle unghie fin troppo lunghe, sul mio braccio nudo, accarezzandolo e risalendo verso il bicipite e il tatuaggio tribale che mi sono fatto fare a diciannove anni, in piena fase ribelle.

«Fidati di me, Will.» La sua voce ora diventa dolce, carezzevole. «È un evento "top-secret", ma ti garantisco che sarà una festa indimenticabile in una villa di campagna meravigliosa. Un cliente mi ha fatto avere gli ultimi inviti disponibili, non saremo in molti i primi giorni, poi però arriveranno tantissime persone "giuste". E tu potresti diventare la sorpresa della serata di Capodanno: lo chef preferito dai blogger di tendenza! Sono sicura che dall'anno prossimo riceverai un sacco di pubblicità e di nuove proposte di collaborazione!»

Mi punta addosso gli occhioni azzurri, dolci e maliziosi al tempo stesso, in attesa di una risposta. Che si aspetta sia positiva, ovviamente. Intanto si ravviva i lunghi capelli biondi, perfettamente ondulati e mi rivolge il sorriso smagliante che di solito riserva alle sue dirette sui social.

L'entusiasmo di Amanda è contagioso, non posso fare a meno di ammetterlo. E c'è un'altra questione che devo tenere in conto e non è così scontata. Lei crede davvero in me, in quello che faccio. In effetti, ultimamente le recensioni sul mio piccolo ristorante nel quartiere di Shoreditch, il "Bloom Thyme" che ho messo in piedi con tanta fatica insieme al mio socio e amico Mark O'Kelly, sono state più che positive. Chissà, forse quell'evento potrebbe davvero aprirmi nuove e interessanti frontiere, portandomi a fare un ulteriore salto in avanti. D'altronde a me il coraggio e la volontà di sperimentare non mancano, almeno in cucina.

Sbuffo, alzo gli occhi al cielo, solo per non farle credere che mi sto arrendendo troppo facilmente, poi annuisco, anche se con una smorfia un po' scettica.

«E va bene… tanto non credo di avere nulla da perdere! E temo che tu non abbia alcuna intenzione di arrenderti, vero?»

Amanda reagisce con un gridolino di vittoria, mi stampa un bacio sulle labbra e si lascia cadere distesa sul divano, con il cellulare tra le mani.

«Confermo subito la nostra presenza alla villa! Magari più tardi farò una bella diretta lasciando però un po' di sana suspense, i miei follower impazziranno!»

Vorrei sparire, in questo momento. Anzi, vorrei ritrattare e dirle che ho cambiato idea, consapevole di cosa mi aspetterà nei prossimi giorni. Convenevoli noiosi e un turbinio di selfie e di dirette che mi lasceranno esausto ancora prima dello scattare della mezzanotte che ci traghetterà direttamente verso il nuovo anno.

Abbandono Amanda al suo entusiasmo spropositato, mi ritiro in cucina per fare il caffè e subito dopo in bagno, per prepararmi ad uscire. Davanti allo specchio, mi passo entrambe le mani tra i capelli scuri, quasi sempre arruffati. Mi sento più stanco del solito, come se stessi perdendo un po' del fascino da "bello e dannato" che mi hanno sempre attribuito, fin da adolescente. Come se, con l'avanzare degli anni, lo stessi abbandonando sempre più. O magari è Amanda a risucchiare tutte le mie energie, fisiche e mentali.

In un certo senso è come se non mi aspettassi più nulla dalla vita. Nessuna sorpresa, nessuna svolta del destino. Però tengo al mio lavoro, vorrei davvero compiere quel "salto di qualità" necessario alla mia carriera. Dubito che trascorrere il Capodanno in una villa in mezzo al nulla della campagna inglese possa servirmi a qualcosa ma di certo non avrò niente da perdere nel provare a seguire le strategie proposte da Amanda.

In ogni caso, dopo lo stress lavorativo a cui mi sono sottoposto con la preparazione dei piatti per il Natale, avevo comunque deciso di prendermi qualche giorno di pausa e di affidare il locale a Mark e ai nostri dipendenti, per poi riprendere con tutta la grinta necessaria da gennaio.

Ora non mi resta che attendere che Amanda metta in moto la sua catena di contatti e di collaborazioni. Ho piena fiducia in lei e nel suo talento. E poi, riesce sempre a ottenere ciò che vuole, da chiunque. Io ne sono la prova, visto che ha convinto anche me!

Spero che il 31 dicembre sia solo il preludio per cambiare la mia vita, una volta per tutte. Ho davvero bisogno di una svolta definitiva. Quel passo in più che mi porterà oltre ciò che sono riuscito a realizzare e a raggiungere finora, verso il successo che, considerato tutto il mio impegno, sono sicuro di meritare.

CAPITOLO 3

Daphne

Queste giornate post-natalizie a Londra sono accompagnate da un freddo pungente e da un sottile velo di nebbia che sembra avvolgere ogni cosa, regalandoci un'atmosfera sospesa tra una strana sfumatura grigio-argentata e un sentore di magia e meraviglia diffusa tra le strade della città.

Il traffico del centro cittadino si mescola a file di taxi, autobus che procedono al rallentatore e persone infreddolite che, nei loro caldi indumenti invernali, si affrettano tra i negozi in cerca degli ultimi saldi o di un outfit specialissimo per Capodanno.

Mentre il Big Ben troneggia in lontananza, avvolto da una foschia perlacea, le luminarie natalizie appese tra un lampione e l'altro sembrano ancora resistere, quasi a voler prolungare l'incanto delle feste.

In tutto questo caos metropolitano, il mio obbiettivo è ben preciso anche se lo svolgo controvoglia. Devo passare a prendere un paio di bottiglie di vino da portare alla villa di campagna. È stato Alan ad affidarmi questo compito, chiamandomi poco prima che uscissi dall'agenzia. Così, invece di andare a bere qualcosa con la mia amica Janice e altri colleghi per scambiarci gli auguri di buon anno, sono costretta a ubbidire al mio impegnatissimo fidanzato. Lui, a quanto pare, è troppo preso con una transazione d'affari importantissima per la sua azienda. Non avrò problemi, almeno spero, visto che si è già accordato con il padrone del negozio e io dovrò solo occuparmi di saldare il conto e ritirare il vino prima della chiusura.

Con il mio cappello di lana blu preferito, una sciarpa in tinta che mi avvolge mezza faccia lasciandomi scoperti solo gli occhi e il mio cappotto rosso oversize, mi avvio per le strade cercando

15

di non congelare per il freddo. Fino a raggiungere e ad entrare nel "Wine & Culture Bloom", un negozio specializzato in vini e liquori, nascosto in una piccola via laterale di Covent Garden.

L'interno è un angolo di pace e calore: scaffali in legno massiccio che salgono fino al soffitto, bottiglie ordinatamente disposte in fila, alcune con etichette che danno l'impressione antica, altre più moderne e colorate. La luce soffusa proveniente da lampade retrò appese qua e là, crea un'atmosfera intima, quasi segreta. Un leggero sottofondo di musica jazz natalizia completa il quadro, dandomi la piacevole sensazione di aver trovato un rifugio lontano dal chiasso della città.

Il negozio è comunque abbastanza affollato. Mentre attendo il mio turno, colgo l'occasione per gironzolare tra gli scaffali, giusto per cercare un po' d'ispirazione per il mio lavoro. A volte le idee migliori mi colgono nei luoghi più impensati. Mentre mi ritrovo ad accarezzare con lo sguardo le varie proposte e leggo qualche descrizione cercando di decifrare termini come "bouquet", "retrogusto" e "note di frutti rossi", il mio istinto di copywriter mi suggerisce di valutarne anche il potenziale. Mi piace come suonano, tanto che un giorno potrei usarli per qualche campagna pubblicitaria.

Proprio mentre mi sto dilettando e prendo confidenza con l'ambiente, i miei occhi cadono su una figura che mi fa "gelare il sangue". No, okay, forse sto esagerando. Non si tratta di certo di un serial killer o di un essere spaventoso, però provo comunque un tuffo al cuore inaspettato. A tal punto che sarei tentata di nascondermi o darmi alla fuga. Se non fossi troppo presa a osservarlo, a contemplarlo anzi, prima che anche lui si accorga di me.

Alto, in giacca di pelle scura, barba appena accennata e capelli castani scompigliati in modo terribilmente sexy, William Carter è chino su uno scaffale di vini rossi italiani. Sembra completamente immerso in riflessioni tutte sue. Le sue mani, mani che ricordo fin troppo bene, percorrono le etichette e il suo sguardo è concentrato, come se stesse valutando l'acquisto di un oggetto prezioso. Mi accorgo, intanto, che il suo profilo è rimasto inalterato nel tempo, con i suoi lineamenti forti, lo sguardo intenso e quell'aria pensierosa che io ho tanto amato e odiato allo stesso tempo.

Inevitabilmente sento il cuore accelerare. William Carter... il mio Liam! Sono trascorsi ormai diversi anni dalla nostra rottura e, sebbene io abbia cercato di gettarmi tutto alle spalle, rivederlo così, all'improvviso, mi fa sprofondare in una valanga di ricordi. Un mix disorientante di nostalgia, rimpianto e, sono costretta ad ammetterlo, anche un pizzico di rabbia. Per come William, spesso così concentrato su se stesso e sul suo lavoro, mi ha fatto sentire. Sono certa che siano state le sue ambizioni ad allontanarci, ma non sono mai riuscita a rimproverarlo per questo, a fargliene una colpa. Perché lui era già un ottimo chef, mentre io... io ancora nulla di ben definito, non sapevo esattamente cosa volessi, nonostante gli incoraggiamenti di William e anche dei miei genitori. Non che, nel frattempo, le mie idee siano diventate molto più chiare, a dire il vero. Il mio lavoro mi piace davvero ma spesso ho la sensazione che per me non sia ancora arrivata la "grande occasione", qualcuno che mi dia veramente fiducia.

Proprio nel momento in cui mi rendo conto dell'inutilità delle mie elucubrazioni mentali e mi decido a tagliare la corda, William si solleva per afferrare una bottiglia dal ripiano più alto, poi si volta nella mia direzione. Per un istante rimane con lo sguardo fisso su di me, come se non mi riconoscesse. Anzi, mi riconoscesse ma non riuscisse a identificarmi, a rammentare chi sono.

Ma, intanto, le nostre pupille si incrociano, come se fossimo finiti in un film al rallentatore. Così restiamo entrambi immobili, incapaci di pronunciare una sola parola. La sua espressione mi sembra un po' stranita, quasi a rispecchiare anche la mia, in un misto di stupore e leggera inquietudine. Per quanto mi riguarda, non ero preparata a questo incontro, pur essendo consapevole di

17

vivere ancora nella stessa città. Però, insomma, siamo comunque a Londra, non in un paesino di campagna!

Intanto, i ricordi prendono il sopravvento, affollando la mia mente in modo incontrollato. I miei disastri in cucina, per cui lui mi prendeva sempre in giro. Le sere trascorse a guardare film dell'orrore, abbracciati sul divano. Io che fingevo di avere paura e mi stringevo a lui, nascondendo la testa sul suo petto.

Mi mordo le labbra e sospiro, percepisco il calore salirmi dal petto fino alle guance. Dovrei scuotermi da questa situazione imbarazzante, almeno per me, sorridere e salutarlo come se fosse la cosa più naturale del mondo. Così sospiro e mi schiarisco la gola, per riuscire a dire qualcosa di sensato. Qualcosa del tipo: "Ciao, ma che sorpresa! Come stai? Sono davvero contenta di vederti!"

Muovo un passo verso di lui, mi preparo. Intanto William mantiene lo sguardo su di me, con un'espressione ancora strana, come se fosse un po' stordito, anche lui in sospeso tra passato e presente.

«Ciao, ma che...»

Le mie parole, quelle che mi sono preparata mentalmente, vengono però interrotte dall'arrivo di una terza persona che si frappone tra noi. Una ragazza bellissima, altissima, biondissima, elegantissima, che si spalma letteralmente sul corpo di William, stampandogli un bacio sulla bocca, di cui io sento il risucchio e poi lo schiocco anche a distanza.

«Eccoti qui, tesoro! Ma perché non mi hai risposto?» Con il tono squillante della sua voce, potrei udirla anche se mi trovassi dall'altra parte del negozio. «Insomma, ti avrò mandato una ventina di messaggi e ti ho chiamato cinque o sei volte!»

«Io...» Percepisco appena, invece, le parole di William. Anche perché lei non gli concede molto tempo per rispondere. «Avevo il silenziatore, credo.»

«Sei sempre il solito dispettoso! Comunque sia... Abbiamo solo poco più di mezz'ora prima dell'appuntamento con l'agente immobiliare, ricordi? Dobbiamo davvero sbrigarci, la casa che vogliamo vedere è dall'altra parte della città!»

CAPITOLO 4

William

Non riesco davvero a credere ai miei occhi!

Daphne Hamilton! La mia Daphne Hamilton. Proprio lei, per cui avevo iniziato a perdere la testa già dai tempi del liceo suscitando solo la sua indifferenza.

Resto immobile a guardarla. Vorrei dire qualcosa, vorrei muovermi verso di lei, parlarle. Percepisco, anche a distanza, il suo profumo dolce, lavanda mescolata a miele, che in passato mi aveva fatto impazzire. È sempre lei, nonostante il tempo sia trascorso per entrambi. E ho la netta sensazione che provi le mie stesse emozioni, da come è rimasta immobile a guardarmi.

Proprio nel preciso istante in cui decido di avvicinarmi, di parlarle o di salutarla almeno, l'inatteso arrivo di Amanda blocca sul nascere le mie intenzioni.

E Amanda, come al solito, inizia a parlare a raffica, senza nemmeno rendersi conto della situazione. Ma, del resto, perché dovrebbe?

Cosa sta dicendo? L'agente immobiliare… la casa… Ah sì, la nuova casa che avrebbe intenzione di acquistare il prossimo anno. Ma sono troppo teso e distratto per riuscire a dare un senso alle sue parole. Annuisco automaticamente, senza nemmeno comprendere.

«Amore, insomma! Hai trovato quello che cercavi?» Amanda continua a parlare, con il suo tono squillante. Le sue labbra rosse si incurvano all'insù in un sorriso, poi all'ingiù, nel suo solito broncio seducente. Intanto sospira, si stacca da me e incrocia le braccia. Segue la direzione del mio sguardo, oltre la sua testa, e si volta, scorgendo Daphne a pochi passi da noi. «Oh, mi scusi! Le ho bloccato il passaggio.»

Ridacchia e si muove, lasciando libero lo spazio della corsia per lasciarla passare e rivolgendole un'occhiata distratta. Daphne annuisce e ne approfitta, senza scomporsi. Indipendentemente dal fatto che fosse quella o meno la sua intenzione, ci passa accanto accennando un sorriso di circostanza.

«Nessun problema.» Sono le uniche due parole che ci rivolge, oltrepassandoci.

Nessun problema. Tranne il fatto che io vorrei allungare la mano, afferrarle il braccio, fermarla e salutarla come si deve. Come dovrebbero fare due persone che…

Due persone che cosa? Che sono state insieme? Che hanno condiviso una parte importante della loro vita e le prime esperienze quasi in tutti i settori dell'esistenza? Che si sono amate?

Deglutisco a fatica. E all'improvviso mi sento stanco e anche un po' triste, demotivato. Tra me e Daphne è finita da tanto tempo. E, ad essere sincero, non ho nemmeno più pensato a lei, recentemente. Come se mi fossi intestardito a rimuoverla dalla mia mente, giorno dopo giorno.

«Allora, ti serve altro qui dentro?» Amanda, inesorabile, richiama nuovamente la mia attenzione.

«Sì, credo di sì.» Non riesco a concentrarmi, afferro un paio di bottiglie di vino a caso e mi sposto verso il banco per pagare. Intanto mi guardo intorno ma Daphne sembra scomparsa.

In ogni caso, non credo ci sia modo di rimediare, ormai.

Ma rimediare cosa? Salutarla e chiederle se sta bene?

Sarebbe inutile, lo so. Sento comunque insorgere, dentro di me, una strana sensazione, come un misto di tristezza, incertezza e desiderio di dire o fare qualcosa.

Dopo aver pagato le mie bottiglie di vino, Amanda mi prende per mano trascinandomi fuori. La seguo senza discutere ma, una volta uscito dal negozio, mi guardo intorno. Daphne non è nemmeno qui. Mi rendo conto di aver perso l'occasione, ma forse è stato meglio così. Meglio che il passato rimanga passato.

Seguo Amanda, cammino in silenzio verso la mia macchina mentre lei continua a parlare dell'appartamento che stiamo andando a vedere e delle proposte che l'agente immobiliare ha riservato, solo per lei. In questo momento, a dire il vero, me ne importa davvero poco. Infatti, fatico a seguire il filo del discorso, la mia testa è altrove. Rivedere Daphne è stato come ricevere un pugno proprio in centro al petto, un tuffo nei ricordi che, in questo momento, non so se desidero riesumare oppure preferisco lasciare sepolti.

Mi si stringe il cuore al pensiero di non aver nemmeno avuto la possibilità di salutarla. Non so come ma, camminando per le strade di Londra, inizio a chiedermi se sia felice, se il suo sguardo si illumini allo stesso modo di un tempo, quando lavorava a qualche nuova idea o quando mi osservava cucinare.

Mi sento un cretino, intanto. Perché so che queste domande resteranno senza risposta. Come è giusto che sia, del resto. Ognuno di noi sta percorrendo la propria strada nella vita, che non include l'altro. È stata una nostra scelta, quella di lasciarci definitivamente. Cerco di concentrarmi per seguire la conversazione e interagire con Amanda. È lei il mio presente, ora. Ed è anche il mio futuro. Stiamo bene, insieme. Amanda mi rende felice. Le rivolgo un sorriso e l'attiro a me per la vita, cercando le sue labbra. Ricambia il mio bacio improvviso e mi rivolge un'occhiata un po' perplessa. Poi si sistema il rossetto, passandoci sopra l'indice, alza gli occhi al cielo.

È fatta così, lei. E io l'adoro. Come potrei non adorarla?

«Io devo avere quell'appartamento, Will. A tutti i costi!» Sospira e mi rivolge uno sguardo un po' accigliato, forse per rimproverare la mia irruenza.

«E lo avrai, tesoro. Certo che lo avrai!»

CAPITOLO 5

Daphne

Quella bionda stupenda sta insieme a William!

Sì, decisamente. E, a quanto pare, hanno deciso di andare a vivere insieme visto che lei parlava di un appartamento da vedere. O magari vivono già insieme! Che stupida sono!

Sospiro e mi poso una mano sul petto. Va tutto bene, non mi sento sopraffatta da questo incontro. Anche se, dopo averli oltrepassati con tutta la noncuranza possibile, mi sono rifugiata in un angolino del negozio, lontano dal banco, quello predisposto agli alcolici a più alta gradazione. In effetti ne avrei bisogno, in questo momento. Anzi, dovrei proprio approfittare delle offerte speciali per qualche assaggio. Ubriacarmi potrebbe essere una soluzione per evitare di pensare a… al mio passato con William Carter.

Invece mi sforzo per lasciarmi scivolare via la sensazione di disagio, cerco di raccogliere le idee e di riprendere fiato. Soprattutto, cerco di evitare qualsiasi confronto tra me stessa e la nuova fidanzata di William e sentirmi sminuita dal risultato. Sarebbe sciocco, sarebbe inutile. E, insomma, non ho più sedici anni!

Però… però, accidenti!

Sento un nodo in gola, uno strano magone che rischia di scoppiare in singhiozzi e lacrimoni. Non conosco nemmeno io il reale motivo. Forse sono soltanto stanca, ultimamente. Semplicemente stanca e basta un nonnulla per farmi esplodere.

Comunque, anche se non ci sentiamo più da tempo, immaginavo che William si trovasse ancora a Londra. E questa città, come tante altre, sa essere enorme e minuscola al tempo stesso. Le strade possono essere mille, le persone milioni, ma a volte i destini si incrociano con una frequenza davvero impressionante. E chi siamo noi, miseri esseri umani, per opporci al destino?

Scuoto la testa, provando a cacciare via i pensieri che si stanno facendo sempre più opprimenti. Mi avvicino al bancone per ritirare il vino ordinato da Alan, poi esco dal negozio e mi stringo nel mio cappotto sformato per proteggermi da un freddo che mi sembra molto più intenso di quando sono entrata.

Mentre mi avvio verso casa, un velo di nostalgia si deposita nella mia mente, mescolandosi all'ansia per l'imminente partenza. Inizio a pentirmi di aver accettato l'idea di Alan. Non mi sento in vena di festeggiare in mezzo a estranei. Anzi, non mi sento proprio in vena di festeggiare, a dire il vero. Ma ormai mi rendo conto che è troppo tardi per tirarmi indietro. Devo farmi forza e fingere di stare bene, di essere contenta e rilassata. Chissà, magari riuscirò davvero a ritrovare la mia creatività perduta e anche a riposare un po'.

Dopotutto si tratta soltanto di pochi giorni. Quindi sì, posso farcela!

***

La fine di dicembre porta con sé un silenzio quasi innaturale nelle campagne inglesi. Lontano dal frastuono di Londra, i piccoli fiocchi di neve sembrano cadere più morbidi, quasi a voler posare un velo di magia su ogni cosa.

Alcuni cumuli bianchi si sono formati lungo il viale che conduce alla villa, incorniciando gli alberi spogli, le siepi e gli immensi campi circostanti. Il cielo è sempre grigio, ma timidi raggi di sole invernale illuminano la strada, mentre ci avviciniamo sempre più alla nostra meta.

Poco dopo la partenza ho ricevuto una telefonata dai miei genitori e da mia sorella Claire, incuriositi dalla nostra idea di trascorrere il Capodanno in un'antica villa di campagna del

Gloucestershire, e da Janice, che mi ha tempestata di messaggi pretendendo un resoconto completo dell'evento.

"Devi raccontarmi tutto! Non sai quanto ti invidio."

"Io invidio te, invece. Una cena tranquilla e poi a dormire subito dopo mezzanotte."

"Non dire sciocchezze, Daph! Scommetto che ti divertirai un mondo. Anno nuovo, vita nuova!"

Sorrido tra me, rispondendo al suo ultimo messaggio. "Non scommettere, Jani, perderesti."

Rannicchiata sul sedile passeggero della Jaguar di Alan, poso il cellulare e ammiro il paesaggio che scorre fuori dal finestrino. Il tragitto da Londra è stato piuttosto lungo, ma Alan guida con sicurezza e con un entusiasmo che, nonostante i miei sforzi, non riesco ancora a condividere. L'idea di non conoscere proprio nessuno, tra gli invitati, mi incute un certo timore. Nonostante tutto, decido di tranquillizzarmi e godermi la festa. Molto probabilmente saranno persone simpatiche e io mi sto preoccupando inutilmente. Però non riesco a comprendere quel fastidioso nodo allo stomaco che mi ha presa da… da quando, esattamente?

Sospiro e scuoto la testa. No, non può essere dall'incontro con William e la sua nuova ragazza. Cosa mi aspettavo? Che restasse single a vita e si struggesse ancora per la mia perdita? Anche perché io stessa al momento sto frequentando un'altra persona, quindi…

«Sei ancora tesa per l'evento?» Alan mi lancia un'occhiata un po' scettica. «Non ti starai preoccupando del fatto di non conoscere nessuno, vero?»

«No, assolutamente!» Cerco di ricompormi e gli rivolgo un sorriso dolce. «Sono certa che staremo benissimo.»

«Ecco, brava!» Alan solleva la mano e mi accarezza i capelli. «Così mi piaci!»

Ottimo! Quando trattengo i miei reali pensieri e fingo che vada tutto bene, allora.

«In ogni caso, mi sono portata un po' di lavoro da mandare avanti, se riesco a trovare la concentrazione, e qualche romanzo da leggere.»

Ho bisogno di salvare me stessa, nel caso le conversazioni vertano tutte su affari, finanza e quotazioni in borsa.

Chiudo gli occhi per un attimo, o almeno credo. Perché, quando li riapro, mi rendo conto che ormai siamo in prossimità della villa.

«Eccoci arrivati a Fairfield Manor» annuncia Alan, entusiasta.

Cerco di evitarlo, ma non riesco a trattenere un'esclamazione incredula.

«Oh, accidenti! Ma è una favola!»

Mi piego in avanti, per riuscire a vederla meglio, in tutto il suo splendore.

L'edificio sembra ancora più affascinante di quanto appare in foto. Un'antica residenza in pietra grigia, con un portone d'ingresso maestoso e finestre che danno l'impressione di occhi spalancati sul giardino. Un lungo viale ghiaioso conduce verso un cortile interno, dove già si notano alcune auto parcheggiate.

«Ci siamo finalmente!» Alan parcheggia e scende dalla macchina con un sorriso compiaciuto. Si guarda intorno mentre attende che io lo imiti.

Con un bel respiro seguo il suo esempio, scendo e osservo il giardino e la casa con più attenzione. L'aria frizzante mi accoglie immediatamente, spero che l'ambiente interno sia ben riscaldato.

Ci avviamo verso la porta, percorrendo il breve vialetto che conduce direttamente alla villa. Nel frattempo, Alan saluta un paio di persone e il signore alla reception, che si presenta come Ruben Grenville, con aria sicura e determinata, come se si sentisse già a casa.

Una volta varcato l'ingresso, mi rendo conto che l'interno sembra ancora più suggestivo. Muri di pietra a vista, grandi tappeti colorati che donano calore all'atrio e addobbi natalizi ancora presenti, forse per mantenere l'atmosfera di festa. Noto un grande albero di Natale in un angolo, luci bianche che corrono lungo la ringhiera della scala, ghirlande di agrifoglio e vischio appese un po' ovunque. Un profumo di pino e cannella aleggia nell'aria, mentre l'eco delle voci risuona nelle stanze.

«Io direi di farci un primo giro della villa, salutare un po' di persone, cercare gli altri organizzatori e infine farci dare la chiave della nostra camera.» La proposta di Alan mi sembra sensata. «Poi torniamo a scaricare le valigie dalla macchina.»

«Sì, sono d'accordo!»

Annuisco e mi aggrappo al suo braccio. In fondo, sono contenta di aver accettato la sua proposta. Questo posto è davvero fantastico e sono sicura che mi sarà d'aiuto e anche d'ispirazione per stimolare la creatività che ultimamente mi sembra un po' arrugginita.

Mi guardo ancora intorno e sorrido. Non voglio più essere negativa. Non voglio più rivangare il passato. Non voglio più, soprattutto, sentirmi inferiore e inadeguata.

Come ha detto Janice? Anno nuovo, vita nuova.

Ecco, io sono pronta. Sono certa che dal prossimo anno la mia vita cambierà, in meglio. E che, dopo tanto impegno e dedizione, riuscirò a ottenere i risultati che mi sono prefissata.

Intanto, mi concederò un po' di riposo in questo luogo da favola.

Del resto, cosa potrebbe andare storto?

CAPITOLO 6

William

Ormai mi sono rassegnato. E comunque nulla può andare storto in un posto così!

Ho parcheggiato la mia Audi il più vicino possibile al portone d'ingresso, per lasciar scendere Amanda. Ha insistito perché la lasciassi proprio lì, in modo che la ghiaia non le rovinasse gli stivali costosi.

Nel corso del viaggio e soprattutto mentre ci stavamo avvicinando alla villa, Amanda ha continuato a scattare fotografie, farsi selfie e sistemarsi il trucco per un numero di dirette di cui ho perso il conto. Mi ha ripreso un paio di volte, poi l'ho supplicata di lasciarmi fuori per riuscire a concentrarmi sulla guida.

Adesso sono davvero felice di essere giunto a destinazione. Ad essere sincero stavo per esplodere, però non ho nessuna voglia di iniziare questa piccola vacanza litigando con Amanda. Solo che... solo che, accidenti, capisco che per lei si tratta di lavoro, ma a volte la mia ragazza sa essere davvero estenuante!

Amanda mi richiama subito all'ordine, mostrando le nostre prenotazioni a un uomo dai capelli bianchi e dall'aria cortese che ci attende all'ingresso, in una piccola reception, e che ci permette di entrare direttamente nella villa.

«Prego, benvenuti a Fairfield Manor.» L'uomo ci rivolge un sorriso gentile. «Io sono Ruben Grenville, uno dei concierge. A breve gli organizzatori vi assegneranno la vostra stanza e vi illustreranno le attività in programma. Per qualsiasi altra richiesta, sono a vostra disposizione.»

«Grazie.» Rispondo e vorrei intrattenermi qualche minuto ma Amanda è già passata oltre. Quindi rivolgo un cenno a Ruben e la seguo.

«È un posto incantevole, non trovi, Will?»

«Sì, davvero incantevole.»

Non faccio nemmeno in tempo a risponderle, che lei estrae nuovamente il cellulare dalla tasca del cappotto, inizia a riprendere l'atrio della villa e a descrivere l'ambiente circostante con aggettivi che vanno da "stupefacente", "incredibile" a "strepitoso". Sospiro e mi guardo intorno, spostandomi per evitare di essere inquadrato.

Quando finalmente Amanda si decide a posare il telefono, ci avviamo verso il maestoso salone principale, in cui domina un'ampia stanza dai soffitti alti, un imponente camino acceso e un divano di velluto rosso posto di fronte al tavolo colmo di calici da aperitivo. Ottima organizzazione, nulla da dire. Mi immergo nell'ambiente, caldo e accogliente e mi guardo intorno.

Sul momento non mi sembra di riconoscere nessuno tra i presenti. Come mi aspettavo, del resto. La cosa non mi sconvolge, in fondo ho accettato di partecipare a questo Capodanno solo per far contenta Amanda. E credo proprio che lo sia, da come si guarda intorno estasiata. Spero che essere qui le giovi, almeno per la sua carriera.

Sospiro mentre ci muoviamo verso il tavolo degli aperitivi. Saluto alcuni altri ospiti con un cenno, sollevando il mio bicchiere, poi mi volto verso il camino acceso.

Ed è lì che il mio sguardo si posa e rimane "intrappolato". Proprio in un punto specifico del grande camino, dove una persona di spalle si sta scaldando le mani tese verso il fuoco scoppiettante.

All'inizio mi convinco che sia una mia impressione. Che il fatto di averla incontrata inaspettatamente mi stia condizionando e la vista, insieme alla stanchezza, mi stia giocando brutti scherzi.

Perché non può essere davvero lei! Non di nuovo! Voglio dire... con tutti i posti che ci sono al mondo, non può essere proprio qui!

Deglutisco a fatica, non riuscendo a distogliere lo sguardo dal suo corpo minuto e dai capelli castani un po' arruffati che le oltrepassano le spalle. Mi sposto di lato per riuscire a intravedere il suo viso. Sì, non ci sono più dubbi, è proprio lei. Daphne Hamilton, di nuovo!

Cerco di distogliermi, di non puntare eccessivamente lo sguardo su di lei, soprattutto quando vedo un uomo avvicinarsi, accarezzarle la spalla e poi strofinarle la mano sulla schiena, attirando la sua attenzione. Così la vedo sorridere, anche se la sua mi appare più come una smorfia un po' stanca, un po' distratta.

Devo tentare di mantenere la calma e decidere cosa fare. Soprattutto perché, a breve, anche lei si accorgerà di me, della mia presenza qui.

Forse mi sto facendo troppe paranoie. In fondo può capitare di incontrare una persona appartenente al passato in una circostanza inaspettata. Mi rendo conto che con due volte di seguito forse si tratta di una sorta di accanimento del destino, però...

Mi distolgo per qualche istante, il tempo di capire dove sia finita Amanda. Ma quando torno a focalizzare lo sguardo verso il camino, mi accorgo che qualcosa è cambiato. Perché mi ritrovo gli occhi di Daphne puntati addosso, in un'espressione incredula. Trattengo i miei nei suoi ed è come se il mondo all'improvviso si fermasse, almeno per me, rendendo gli istanti sempre più lunghi, come sospesi nel tempo.

Il ricordo dell'incontro furtivo nel negozio di vini torna sempre più vivo nella mia mente, ma questa volta ci troviamo nella stessa stanza, allo stesso evento e... Cerco di fermarla, di trattenerla, ma Amanda si sta dirigendo proprio verso il camino, armata del suo cellulare.

«Scusate…» Si mette in posa proprio al centro con un sorriso smagliante, per scattarsi un selfie. Così costringe Daphne e il suo amico, compagno… insomma quello che è, a spostarsi di lato, per non essere inquadrati.

Non mi resta altro da fare che raggiungerla. Tanto prima o poi sarò pur costretto ad affrontare la situazione. Non so ancora come si evolverà la questione, ma di certo io e Daphne dovremo far presente il fatto che ci conosciamo già da…

«Ben arrivati!» Il suo amico, compagno o quel che è, interrompe i miei pensieri, tendendo la mano proprio verso di me e poi verso Amanda. La stringo con un sorriso un po' forzato. «Sono Alan Collins, piacere di conoscervi. Siete qui per l'evento e la festa di Capodanno, immagino. Io sono uno degli organizzatori.»

Annuisco e mi presento, cercando di rimettermi in sesto per rispondere con una stretta di mano ferma e un tono di voce controllato. «Piacere, William Carter.»

Accenno un sorriso, poi sono costretto a spostare lo sguardo su Daphne. Intanto Amanda mi precede, presentandosi alla coppia con il suo solito entusiasmo e stringendo la mano a entrambi.

«Io sono Amanda, è un vero piacere! Amanda Lewis, forse già mi conoscete, sono piuttosto celebre su Instagram e ultimamente anche su TikTok a dire il vero. Sono strafelice di passare qui il Capodanno! È un posto da favola, vero?»

Cerco Daphne con lo sguardo quando, dopo essersi presentata ad Amanda, è quasi forzata a spostarlo su di me per coinvolgermi nei saluti. Ovviamente è costretta a farlo, anche se ho la netta sensazione che preferirebbe fingere che io non esista proprio!

Immagino che, se dobbiamo dichiarare di conoscersi già, sia proprio questo il momento.

«Piacere, io sono Daphne…»

Daphne, sì. Lo so fin troppo bene. Ma non so che altro fare quando lei mi porge la mano con le stesse parole con cui si è appena presentata ad Amanda.

La guardo negli occhi, le stringo la mano. «William...»

Trattengo la sua mano nella mia, forse esagerando un po' la stretta. La sento sussultare, anche se per un breve istante. Gli altri non se ne accorgono nemmeno.

E ormai l'attimo è passato, come se tutta la situazione qui facesse parte della normalità e fosse troppo tardi per "riconoscerci" e rendere noto il fatto che non solo ci conosciamo bene fin dai tempi del liceo ma siamo stati insieme per... quanti anni? Sei, sette...

Sospiro e abbasso la testa. Non posso incolpare Daphne, anche io sono stato zitto, assecondandola. Oppure è stata lei ad assecondare me? Non ne ho idea, ma ormai sono piombato in quest'assurdità e non c'è modo di uscirne.

Amanda non sospetta nulla. E nemmeno Alan, a quanto pare. Sollevo il capo e, nonostante mi sforzi di evitarlo, il mio sguardo cerca ancora il suo. Daphne mantiene sul viso un sorrisetto forzato ma la sua espressione è sempre la stessa. Quella che avevo scorto, anche se solo di profilo, quando si trovava di fronte al camino e ancora non si era accorta della mia presenza qui. Stanca, disorientata, un po' persa. Come se fosse capitata qui per caso o per sbaglio. Proprio come me, del resto.

Dovrò trovare il modo di parlarle da solo, anche solo per qualche istante. Immagino che ci sia tanto da dire. No, forse non tanto, ma almeno qualcosa. Intanto non mi resta altro da fare che continuare sulla stessa strada che entrambi abbiamo intrapreso, come per tacito accordo. Continuare a fingere.

CAPITOLO 7

Daphne

Non ci posso credere! Sembra lo scherzo di un destino perverso!

Se non sapessi con certezza che si tratta di un incontro puramente casuale, penserei che sia stato organizzato. Ma ovviamente non è nulla del genere. Io non immaginavo proprio di trovarlo qui e, dallo sguardo incredulo che mi ha rivolto, anche per William è stata una sorpresa. Non è bravo a fingere, non lo è mai stato. A meno che abbia imparato nel corso degli ultimi anni, ma ne dubito.

Cerco di regolare il respiro per mantenere la calma, anche se sento il cuore martellarmi furiosamente nel petto. Forse non avrei dovuto fingere di non conoscerlo, forse sarebbe stato meglio… Non lo so, mi sembra ancora tutta una follia!

Ma ormai temo sia troppo tardi per tornare indietro. Anche perché, nel frattempo, Alan ha iniziato a comportarsi da vero e proprio padrone di casa, invitando William e la sua ragazza a togliersi i cappotti e ad accomodarsi. Del resto, come ci ha tenuto a puntualizzare, è uno degli organizzatori. Anche se noi stessi siamo arrivati da poco e non conosciamo ancora tutti gli spazi della villa. In ogni caso, Alan non ha alcun motivo di sospettare il mio imbarazzo e si comporta come dovrebbe, raccontando della festa di Capodanno e delle attività previste nei prossimi giorni, organizzate nei minimi dettagli.

«Stiamo prevedendo pranzi e cene davvero eccezionali, con un servizio catering di prim'ordine» conclude soddisfatto la sua presentazione. «Sono sicuro che non vi pentirete di aver scelto di trascorrere il Capodanno qui!»

«Beh, in realtà Will è uno chef, anche piuttosto famoso!» Amanda espone il talento di William, con un orgoglio un po'

33

troppo ostentato. Will, come lo chiama lei. «Ha il suo ristorante a Shoreditch, crea dei piatti favolosi. Dovreste provarlo!»

Cerco di trattenere lo stupore, o forse si tratta più di imbarazzo, da parte mia. Ma dentro avverto una spiacevole sensazione di subbuglio, come se, all'improvviso, un'altra si stesse "impossessando" del mio ragazzo. Del ragazzo che non è più mio da diverso tempo, a dire il vero. Ma è comunque strano, per me. O forse addirittura fastidioso e sgradevole. Lo so, è una follia. Però non riesco a reprimere ciò che sento, ad arginarlo o, meglio ancora, ad evitarlo.

Di certo non posso ammettere di conoscere già la sua professione. Mi accorgo comunque che William ci rivolge un mezzo sorriso imbarazzato, come se volesse trovarsi ovunque, in questo momento, ma non qui.

«Perfetto!» Alan prende la parola, con aria compiaciuta. «Allora magari potresti darci qualche consiglio sulla preparazione dei pasti. Sarei lieto di farti avere tutto ciò che ti serve. Sempre che tu sia disponibile, ovviamente.»

William annuisce, focalizzando l'attenzione su Alan. «Certo, molto volentieri.»

Devo mantenere la calma, cercare di placare lo sconvolgimento interiore. E partecipare anche alla conversazione, se possibile! Mi mordo le labbra, poi mi schiarisco la voce.

«Sarebbe fantastico!» esclamo con un tono forse un po' troppo stridulo.

Per fortuna non sembra che gli altri facciano molto caso a me. Alan, Amanda e altri ospiti che, nel frattempo, si sono avvicinati al camino sono presi da presentazioni, scambi di convenevoli e conversazioni sugli argomenti più disparati.

Abbasso per un attimo lo sguardo, vorrei rifugiarmi altrove, magari in camera. Quando lo rialzo mi trovo gli occhi scuri di William puntati addosso. Mi rivolge un breve cenno, rapido e silenzioso. Cosa sta cercando di comunicarmi? Cosa vuole che faccia? Che rimanga zitta, ovviamente.

Rispondo allo stesso modo, annuisco senza esprimermi e distolgo lo sguardo da lui. Non è certo il caso di complicare la situazione, me ne rendo conto. Anche perché, nel frattempo, le chiacchiere del gruppo si stanno facendo sempre più intense e rumorose, mentre la sala si popola di altre persone.

Io mi limito a salutare, presentarmi e sorridere, in attesa del momento di rifugiarmi in camera. Spero che Alan faccia qualcosa, in proposito, in modo che io possa prendermi un po' di tempo per riflettere in pace. Lo seguo come un'ombra, intanto, quasi aggrappandomi a lui. Per fortuna, interagendo con altre persone appena arrivate, ci stacchiamo da William e Amanda. E lei non sembra avermi riconosciuta, dopo il fugace incontro nel negozio di vini. Molto meglio così!

Oddio, ora che ci penso, spero proprio che non ci assegnino camere troppo vicine! Sarebbe davvero troppo imbarazzante, almeno per me. Non voglio sapere e non voglio sentire! No, no, non ci posso nemmeno pensare!

In questo momento avrei proprio voglia di sfogarmi con qualcuno, magari potrei chiamare Janice e raccontarle… No, meglio aspettare. Devo cercare di calmarmi, a tutti i costi.

"Supererò anche questa" ribadisco a me stessa.

Ma in realtà, cosa c'è da superare?

Proprio nulla. Devo solo lasciar trascorrere alcuni giorni fingendo che il mio ex sia un perfetto estraneo. E lui farà lo stesso.

Il nostro tacito accordo ormai è stato siglato, per il bene di entrambi. E per il bene delle persone con cui stiamo ora.

Mi rendo conto che, alla fine, è davvero molto meglio così. Non avrebbe avuto senso rovinare la festa con un dettaglio ormai ininfluente nelle nostre vite.

Io e William ci siamo separati e abbiamo preso strade diverse. Ed è stata una scelta sensata, per entrambi. Questo doppio incontro, prima al negozio e ora qui, non significa proprio nulla. Solo una strana combinazione di eventi. Con l'anno nuovo i nostri percorsi torneranno a separarsi, probabilmente per non incrociarsi mai più. Come è giusto che sia.

CAPITOLO 8

William

La farsa prosegue. Mi sembra di recitare in una commedia degli equivoci, a dire il vero. Dell'assurdo, anzi. Siamo rimasti entrambi zitti, come due vigliacchi. Come se avessimo commesso un crimine e fossimo complici in un delitto. La situazione sarebbe addirittura divertente se non fosse tanto ridicola.

Nel frattempo, ci vengono assegnate le camere, al piano superiore della villa. Ho cercato di scoprire dove si trovasse quella di Daphne e di Alan, ma lui stava ancora discutendo con gli altri organizzatori quando io e Amanda siamo saliti.

Mi sento davvero stanco, in questo momento, ma non ho alcuna intenzione di riposare, anche se Amanda si sta dedicando alla sua routine quotidiana di cura per la pelle che è stata costretta a rimandare a causa del viaggio.

Seduto sul letto, prendo il cellulare, passandomelo da una mano all'altra. Sono tentato di ripescare il numero di Daphne, sempre che non lo abbia cambiato nel frattempo, mandarle un messaggio… Ma forse non è una buona idea. No, meglio evitare! Potrei complicare tutto se il mio messaggio, per qualche assurdo motivo, venisse intercettato da Alan.

Mi guardo intorno. Le pareti, in pietra viva, donano all'ambiente un'aria antica e romantica al tempo stesso, però io ho la sensazione di trovarmi rinchiuso in una strana gabbia mentale. Per fortuna Amanda, tutta presa dallo scattare foto della stanza, non nota la mia preoccupazione. E perché dovrebbe?

Intanto però mi sento sempre più esausto. E probabilmente non dipende dall'atteggiamento di Amanda e nemmeno dalla presenza inaspettata di Daphne. Comunque sia, devo riuscire a controllare la tensione e cercare di comportarmi nel modo più naturale possibile.

Nel corso del pomeriggio, una volta scesi di nuovo nel salone, cerco in tutti i modi di evitare un confronto diretto con Daphne. Anche lei sembra dello stesso avviso, infatti noto che tende ad allontanarsi quando rischiamo di avvicinarci troppo. Eppure, di tanto in tanto, i nostri occhi si incrociano furtivamente, come calamite con poli opposti che tentano di resistere all'attrazione reciproca.

In realtà, a questo punto, un confronto diretto con Daphne è proprio quello che vorrei. Ma non così, non con altre persone intorno e testimoni di ciò che vorrei dirle, di ciò che vorrei sapere da lei. Oppure sì, non me ne importerebbe poi molto, a dire il vero. Però non posso metterla a disagio, ovviamente, lasciando intendere che tra di noi sono rimasti affari irrisolti ma con cui ho convissuto benissimo fino a pochi giorni fa.

Devo concentrarmi sul presente, non sul passato. Amanda si aspetta da me presenza e disponibilità. Io sto con lei, ora. E ci sto benissimo, come forse non sono mai stato con Daphne né con nessun'altra. Perché con Daphne… c'era sempre quella tensione, quel timore di sbagliare, di perderla che mi opprimeva il cuore. Cosa che poi, in effetti, si è verificata anche se non avrei mai voluto lasciarla andare, non avrei mai voluto che finisse, tra noi. E che finisse in quel modo, soprattutto.

Forse, alla fine, Daphne ha agito per il meglio fingendo di non conoscermi. Del resto, io l'ho assecondata. Non ho alcuna intenzione di raccontare di lei ad Amanda, non solo per tutelare la serenità del momento, ma anche perché non voglio scoperchiare un "vaso di pandora" di emozioni che avevo chiuso già a fatica tanto tempo fa.

Eppure, puntare lo sguardo su Daphne, ritrovare quel suo modo di sorridere così dolce, così spontaneo, come se non ci fosse alcuna maschera sul suo volto, a parte quella che stiamo creando insieme fingendo di non conoscerci, mi provoca uno strano groviglio di emozioni e sentimenti contrastanti al centro dello stomaco.

«Allora, amore? Ti stai divertendo?» Amanda si aggrappa al mio braccio, cercando la mia mano e posandomi la testa sulla spalla. «Per il momento credo che mi fermerò con gli scatti e i reels, non voglio esaurire tutte le possibilità offerte da questo posto così suggestivo in mezza giornata! Devo dosare ciò che regalo ai miei follower. Tu che ne dici?»

«Certo, fai bene. Dosare è sempre la scelta giusta.» Annuisco convinto e le sfioro il viso con le dita, mentre lei cerca le mie labbra. Non sono bravo in queste questioni. So che Amanda vorrebbe di più da me, da questo punto di vista, più complicità, più partecipazione. Cerco di impegnarmi, per quanto possibile, con qualche banalità e talvolta anche con qualche suggerimento che spero sia abbastanza utile. «Sì, in effetti, tutti i piatti più deliziosi vanno assaporati con calma.»

«Esatto! Devo mantenere un po' di suspense. Intanto penserò a qualcosa… Non lo so, mi sembra uno scenario da favola…» Socchiude leggermente gli occhi e io inizio a temere che le salti in mente una delle sue idee folli. Peggio ancora, una delle sue idee folli in cui potrebbe coinvolgere anche me.

Per fortuna non si lascia trascinare eccessivamente, almeno per il momento, mi accorgo che sta riflettendo sul da farsi invece che agire impulsivamente.

Intanto nel tardo pomeriggio, mentre il sole cala pigramente oltre le colline, la villa si anima di risate e di brindisi davanti al camino scoppiettante. Una leggera spruzzata di neve torna a imbiancare il paesaggio, regalando alla villa un alone ancora più magico e fiabesco. Sono tentato di andare a dare un'occhiata alla cucina, giusto per svagarmi un po', ma trattengo la curiosità, almeno per ora.

Ho solo bisogno di un po' di tranquillità. O, quanto meno, di pace apparente. Forse Daphne si trova in una situazione molto simile alla mia, in un momento in cui non è pronta a sconvolgimenti e disagi. Fingiamo di non conoscerci, è la soluzione migliore per entrambi, e manteniamo l'imbarazzo sotto controllo.

Dopotutto non manca poi così tanto alle ultime ore dell'anno. Poi, ognuno se ne andrà per la propria strada e la vita continuerà a scorrere come sempre. Senza ciò che siamo stati, l'uno per l'altra. Senza ciò che saremmo ancora se fossimo restati insieme.

CAPITOLO 9

Daphne

Questo assurdo segreto mi sta pesando sulle spalle, come un macigno.

Vorrei confessare tutto ad Alan riguardo alla mia storia con William. No, insomma, non proprio tutto. Solo che ci siamo frequentati per un certo periodo. Anzi, magari soltanto che siamo usciti insieme qualche volta e non ha funzionato. L'essenziale, insomma. Così, senza scendere nei dettagli di una storia durata anni e finita tra rimorsi e lacrime, almeno da parte mia.

Però non voglio rovinare l'atmosfera di festa. Anche perché non credo di riuscire a tenere la verità (tutta la verità) nascosta riguardo alla vera relazione tra me e William. Meglio evitare, quindi. Forse, con un po' di fortuna, saremo in grado di gestire la situazione senza incidenti e senza drammi.

Con la scusa di sistemare la valigia, farmi una doccia e cambiarmi per la serata, mi ritiro nella camera assegnata a me e ad Alan, una stanza riccamente arredata con un grande letto a baldacchino e cuscini in velluto rosso, che spero con tutto il cuore si trovi a una distanza di sicurezza da quella di William e Amanda. Non voglio nemmeno immaginarli insieme. Anzi, come non detto, visto che ci ho pensato, ora me li sto proprio immaginando! Lei, così alta, bionda e con quel corpo perfetto… e lui che… No, no, dannazione! No! Sto per sentirmi male!

Mi poso una mano sulla bocca, per trattenere una strana nausea che mi sta prendendo d'assalto lo stomaco. Cerco di distogliermi e mi sposto verso la finestra affacciata sul giardino, che permette un ottimo panorama sull'esterno. Poi torno a sedermi sul bordo del letto e mi prendo la testa tra le mani, emettendo un flebile sospiro. Sono contenta di aver approfittato di un momento di solitudine, mentre Alan si sta intrattenendo con alcuni amici nel grande salone della villa, parlando di lavoro, di finanza, di affari imperdibili.

"Posso farcela" rifletto tra me. "Devo passare solo pochi giorni qui, poi tutto finirà."

Quindi si tratta soltanto di aspettare che passi. E tentare, a tutti i costi, di evitare di incrociare William e la sua nuova sfavillante ragazza. Però non posso nemmeno trascorrere tutto il tempo in camera, questo mi è chiaro. Desterei ancora più sospetti, in questo modo.

Uno squillo al cellulare mi costringe quasi a sobbalzare dallo spavento.

Lo afferro con le mani che mi tremano. No, non può essere... anche se in effetti...

Non è lui, è Janice. "Come procede?"

Invece di rispondere al messaggio, decido di chiamarla direttamente.

«Ehi! Tutto bene? Voglio sapere tutto, Daph!» Mi risponde con un tono squillante e immagino la sua espressione divertita negli occhi verdi.

«Un disastro!» Ecco, riassunto completo della mia situazione attuale.

«Mmh... in che senso?»

«Nel senso...» sospiro, mi mordo le labbra e abbasso notevolmente il tono di voce. «Nel senso che... qui c'è qualcuno...»

«Qualcuno? Beh, mi sembra il minimo!» Janice scoppia a ridere e mi strilla quasi nell'orecchio. Poi decide all'improvviso di riagganciare e pensa bene di videochiamarmi. Quando le rispondo sgrana gli occhi su di me. «Eccoti... oddio, Daph! Hai una faccia!»

«Sempre la mia, suppongo!» Sbuffo e alzo gli occhi al cielo.

«Va bene, va bene... Non sarà poi qualcosa di così grave!» Janice si passa una mano tra i capelli per ravvivarsi il caschetto castano chiaro. «Insomma... mi puoi spiegare?»

«Okay… ci provo…» Cerco di rielaborare mentalmente la situazione, prima di esporla alla mia amica, il più dettagliatamente possibile.

«Oh… cavolo…» Dopo essere rimasta ad ascoltare in silenzio, è l'unica cosa che riesce a dire.

«Ecco, brava Jani! Oh… cavolo…»

«Ma lui…» È rimasta davvero senza parole, non c'è che dire.

«Cioè, ma tu…»

Non ho idea di dove voglia arrivare. Anzi, ce l'ho. Conoscendola, so bene cosa vorrebbe sapere da me. Ma non ci voglio proprio pensare, per questo fingo di non intendere il suo tentativo di domanda imbarazzante per evitare di risponderle. Le avevo raccontato della mia storia con William, qualche tempo fa, ma quando ci siamo conosciute tra me e lui era già finita da circa un anno.

«Insomma, Daphne! Provi ancora qualcosa per lui?»

Eccola, dritta al punto!

«Abbassa la voce…» sospiro appena, cercando di mostrarmi sdegnata.

«Beh… mi sembra di capire che non ci sia Alan lì!»

«Lo so, ma potrebbe arrivare. O magari sentire mentre entra…» Mi sto arrampicando sugli specchi, lo so.

«Allora?» Lo sguardo di Janice si fa sempre più scettico. Detesto le videochiamate.

«Allora niente. Sono passati tanti anni e io…» Mi stringo nelle spalle, cercando di mostrarmi convinta. «Io sono andata avanti. E anche lui, a quanto pare. Però è comunque una situazione imbarazzante.»

«Secondo me avreste dovuto farlo presente fin dal principio, Daph.»

«Sì, forse…»

«Senza forse! Il punto è che così… insomma, sembra che non sia finita, ecco.» No, la deduzione di Janice non mi piace affatto.

«Ma non è così, te lo garantisco!» Mi affretto a precisare l'evidenza dei fatti. «Non solo è finita, è strafinita, ecco! È ultrafinita!»

«Bene, io ti credo! Se ne sei convinta tu...» Janice arriccia il naso in una smorfia. «Daph, sto per uscire adesso. Tienimi aggiornata, okay?»

«Va bene, Jani. Buona serata!»

Dopo i saluti, riaggancio. Janice non mi è stata di aiuto, purtroppo. Anzi, è come se avesse rigirato il coltello in una piaga che sanguina ancora.

La sera, intanto, scende rapidamente sulla campagna inglese, avvolgendo la villa in un manto silenzioso interrotto soltanto dallo scricchiolio della neve sotto i passi degli ospiti che, poco alla volta, rientrano da una passeggiata all'esterno o da un giro di ricognizione nei dintorni a cui io, a differenza di Alan, non mi sono sentita di unirmi. Guidata gentilmente da Ruben, che a quanto ho capito funge un po' da custode oltre che da concierge della villa a capo di tutto il personale, mi sono solo affacciata dal porticato, per tentare di prendere confidenza con il luogo. Ha comunque un effetto rilassante, su di me. Le luci calde delle lampade a olio risaltano il color miele della pietra antica, mentre l'insegna luminosa all'ingresso ricorda il nome della tenuta, "Fairfield Manor".

All'interno della villa, l'atmosfera è vibrante. Il camino principale acceso, insieme a quelli delle altre stanze, diffondono un lieve odore di legna, riscaldando i corridoi in pietra. Dalle finestre, oscurate dalla sera, si intravede ancora il manto bianco e sottile della neve. Il giorno si avvicina al termine e con esso giunge anche il momento della prima cena collettiva alla villa. Nella sala da pranzo principale è stata allestita una lunga tavolata: tovaglie decorate, candelabri in argento, centrotavola di agrifoglio e bacche rosse che mantengono vivo lo spirito natalizio ancora persistente.

Dopo la doccia e la pausa di riflessione in camera, ho indossato un abito di lana blu e dei comodi stivaletti neri. Cerco di mostrarmi a mio agio, ma sono leggermente intimidita dall'eleganza e dalla ricercatezza della cena, con tutte quelle posate e quei bicchieri disposti in modo impeccabile di fronte a ogni posto.

Alan, al contrario di me, sembra raggiante e perfettamente a suo agio, come se avesse trovato finalmente il suo posto, la dimensione in cui integrarsi con il resto del mondo. Mentre si sistema la manica della camicia, mi guarda con un sorriso rassicurante.

«Tesoro, tutto bene? Ti vedo un po' tesa. O forse sei stanca?»

«Non sono stanca, sto benissimo.»

«Perfetto, io ho ritrovato alcuni amici e conosciuto nuove persone interessanti per il mio lavoro. Te le presenterò, nel corso della cena.» Mi accarezza la schiena con dolcezza. «Lo so che ti senti in imbarazzo quando non conosci nessuno, però vedrai che rimedieremo presto e inizierai a divertirti anche tu.»

«Sì, ne sono certa.» Annuisco sforzandomi di essere un po' più serena. So che Alan si sta impegnando, so che sta facendo del suo meglio. E a me dispiace sentirmi così a disagio. «Grazie, per tutto quello che fai. Per me conta molto, davvero Alan.»

«Lo so, cara. Non ti preoccupare, okay? Va tutto bene.»

«Certo. Questo posto e meraviglioso e io sono contenta di essere qui, con te.»

Sono costretta a mentire, forzando un sorriso e sperando che nessuno dei presenti si accorga della mia agitazione.

Però il destino non sembra volermi aiutare, visto che i posti a tavola di William e Amanda si trovano a pochissima distanza dai nostri. Cerco di ignorarlo, ma non posso evitare di lanciargli un'occhiata, di tanto in tanto. Riesco a scorgere il suo sorriso, il suo sguardo, i capelli scuri un po' indomiti, per poi scendere alle spalle ampie e alle braccia tatuate parzialmente nascoste dalla camicia azzurra. Dialoga e gesticola nel modo più naturale possibile, ma ho l'impressione di scorgere una certa agitazione, anche in lui, come se, almeno in parte, si trovasse fuori luogo in questo contesto.

Ma forse la mia è soltanto una vana e sconclusionata illusione. Come se, in un certo senso, pretendessi che anche lui si sentisse come me. Sono sciocca, lo so. Anche perché la ragazza con cui sta ora è talmente diversa da me, da come sono sempre stata io con lui, tanto che…

Sospiro e scuoto leggermente la testa. Non so nemmeno io devo voglio arrivare, forse proprio da nessuna parte. Perché, in effetti, anche Alan è molto diverso da William, ma io… io sono rimasta sempre la stessa, alla fine!

Mi sento costretta in un meccanismo a orologeria che prima o poi rischia di esplodere. Sto davvero faticando a portare avanti questa messa in scena e ora siamo seduti a poca distanza, continuando imperterriti questa inevitabile farsa. Mi volto quasi del tutto verso Alan, cerco di guardarmi intorno. Ci sono altre persone interessanti qui, anche se, incredibilmente, mi sembra di trovarmi da sola con William, come se nessun altro esistesse.

Mi impegno per analizzare la situazione e considerare le persone con cui potrei legare e creare un'interazione e, allo stesso tempo, un sano distacco da William.

Alan sta parlando con George Houston, uno degli organizzatori principali, che mi ha presentato come un suo vecchio compagno di corso dei tempi dell'università, ex giocatore di rugby del fisico robusto, con i capelli biondissimi, un sorriso simpatico e la battuta sempre pronta, e con Jason Harris, suo socio in affari, magro e un po' allampanato, una sorta di guru delle start-up tecnologiche, grande intenditore di criptovalute e nuove frontiere dell'informatica.

Accanto a me siede Edith Thompson, cugina di Clay Addams, uno dei colleghi di Alan, che come me sembra un po' persa e intimidita in questo mondo di personaggi influenti e imprenditori di successo. Infatti, scambiando qualche parola con lei scopro che è un'insegnate di letteratura inglese e che ha davvero ben poco a che fare con tutti gli altri. Sono stati Clay e la sua ragazza Laura a convincerla a partecipare, in modo da farle conoscere un po' di persone interessanti. Perfetto, almeno per me. Credo di

46

aver trovato la "mia persona" di riferimento per i prossimi giorni, forse l'unica con cui ho qualcosa in comune, soprattutto qualcosa di cui parlare.

Mentre la cena ha inizio, tra vini pregiati e piatti gustosi, George cerca di rompere il ghiaccio, proponendo un brindisi.

«Bene, signore e signori, spero che la sistemazione qui a Fairfield Manor sia di vostro gradimento. Vorrei proporre un brindisi a questa splendida compagnia e al fatto che abbiamo la fortuna di trascorrere questi giorni di festa insieme!»

Tutti acconsentono e i calici producono un tintinnio festoso. Mi unisco agli altri prendendo un piccolo sorso, sperando che l'alcool mi aiuti a distendermi. Ed è proprio in questo momento che, nonostante tutti i miei tentativi di resistenza, il mio sguardo si sposta su William. Anche lui sta bevendo, ma se ne sta in silenzio, come distratto, limitandosi a un accenno di sorriso. Al contrario, Amanda incalza, inarrestabile.

«William, amore, spiegaci un po', quale piatto suggeriresti per Capodanno? È giusto che tutti sappiano che sei un grande chef!»

Noto il suo imbarazzo, mentre gli sguardi di alcuni commensali si fanno curiosi e le domande interessate a lui, al suo ristorante e al suo lavoro cominciano a prenderlo di mira. William sorride appena, risponde con educazione ma cerca di non spingersi troppo oltre, come se tendesse a nascondersi. Lo capisco, perché io so che non gli piace ostentare il suo talento. Non è un egocentrico, non lo è mai stato. È sempre stato modesto, quasi timido, detesta esporsi, parlare troppo di se stesso. E mi rendo conto che forse Amanda non lo conosce quanto me se l'ha portato consapevolmente in questa situazione, esibendolo come una specie di trofeo da mettere in mostra.

Mi mordo le labbra per cercare di trattenere una smorfia risentita. Di certo William non ha bisogno di essere protetto e difeso. Da anni fa benissimo a meno di me. Sa cavarsela da solo, ecco.

«Ho un locale a Shoreditch insieme a Mark O'Kelly, mio amico e socio.» Lo sento rispondere. «Principalmente mi occupo di cucina contemporanea, rivisitazioni di piatti tradizionali di diverse nazionalità. Non so se per Capodanno potrò essere di grande aiuto al catering, sono sicuro che tutto è già stato organizzato in modo impeccabile. Come questa cena, del resto.»

«Sì, questo è certo!» interviene Alan. «Ma se hai qualche dritta da dare ai nostri cuochi del servizio, sono sicuro che loro ne saranno entusiasti. Vero, ragazzi?»

Si rivolge direttamente a Freddie e Manfred, i due giovani camerieri preposti al servizio della nostra parte di tavolata, che annuiscono calorosamente.

Cerco di evitare il discorso, anzi di ignorarlo del tutto, serrando ancora di più la conversazione con Edith a proposito dell'ultimo libro letto di Margaret Atwood, per poi scivolare verso la serie televisiva tratta da *Il racconto dell'ancella* e finire con una nuova versione cinematografica di *Persuasione* di Jane Austen, in programma per il prossimo anno. Un dibattito che cerco di rendere il più impegnativo possibile, per evitare le distrazioni circostanti. Anzi, la distrazione. Non posso lasciarmi coinvolgere, non devo. Non voglio fare "amicizia" con William e Amanda. Perché dovrei, in fondo? Ci sono altre persone qui con cui interagire. Ma, ovviamente, non posso nemmeno evitarli in modo troppo palese! Desterei sospetti.

Che razza di situazione! Forse avremmo dovuto dire la verità, fin da subito. Janice ha ragione. Magari a quest'ora il nostro comune passato sarebbe già stato dimenticato e archiviato. E io non mi troverei così a disagio e con la costante voglia di nascondermi ovunque, ora anche sotto al tavolo.

Sospiro, mi mordo le labbra e lancio una rapida occhiata a William. Un'occhiata di controllo, ecco. Ma, proprio nello stesso istante, i suoi occhi si posano su di me, come richiamati dai miei. Accenna un sorriso e io, inevitabilmente, riconosco il suo sguardo, il suo modo di fissarmi. Che è sempre lo stesso, non è cambiato e ha ancora il potere di farmi sentire il centro del mondo e di farmi provare quel brivido che mi attraversa la schiena. Mi rendo conto che, molto probabilmente, guarderà anche Amanda nello stesso modo. Però…

Mi distolgo da lui, girando il viso in modo quasi brusco. Nessun però. Ormai è troppo tardi. Sia per dire la verità sia per tornare indietro.

Cerco di riprendere la conversazione con Edith che, nel frattempo, mi sta osservando un po' perplessa. Come se avesse intuito qualcosa.

«Va tutto bene, Daphne?»

«Sì, certo!» Sorrido e annuisco convinta. «Comunque, per quanto riguarda *Persuasione*, ieri ho visto il nuovo trailer, quello di tre minuti e mezzo. Promette bene ma ancora non mi convince del tutto. Tu cosa ne pensi?»

CAPITOLO 10

William

Sono letteralmente esausto ma cerco di non scompormi. Non ancora, almeno.

Amanda sta "instagrammando" tutto ciò che di "instagrammabile" è presente in tavola. Me compreso, soprattutto quando si è impuntata per rendermi il protagonista della conversazione. C'è mancato poco che mi definisse come il migliore chef esistente sulla faccia della terra! Nonostante l'invito di Alan, io non mi voglio intromettere con il catering che è stato scelto per l'evento, sono sicuro che sapranno svolgere egregiamente il loro lavoro.

Che imbarazzo, maledizione! E con Daphne a poca distanza, soprattutto. Chissà cosa penserà di me! Che sono diventato un coglione megalomane, come minimo.

Ora, per mia fortuna, Amanda si è concentrata sullo splendido centrotavola e lo sta condividendo nelle sue storie di Instagram ricevendo un numero spropositato di cuoricini che mi mostra con entusiasmo.

Cuoricini su cuoricini con le didascalie #DinnerVibes #FairfieldManor #HolidayMood e non so che altro.

Per mia fortuna così mi concede un attimo di respiro e coinvolge nell'impresa Charlotte Morris, una sua collega e, come lei, aspirante influencer nel settore moda. Insieme sembrano davvero inarrestabili, mi rendo conto, perennemente con il cellulare in mano o posato a poca distanza.

«È tutto così romantico qui!» Charlotte, capelli ramati raccolti in due folte trecce e qualche lentiggine sul viso, riprende tutta la tavola, anche i minimi dettagli delle decorazioni stampate sulla tovaglia. «Io impazzisco per queste cose! Davvero, impazzisco!»

Mi verrebbe una battutaccia, ma mi mordo le labbra per trattenerla. Allora cerco con lo sguardo Daphne, solo per… Non so nemmeno io perché, forse solo per controllare che non si stia prendendo gioco di me. Anche se mi rendo conto che, qualunque cosa lei stia pensando in questo momento, è costretta a trattenersi. La vedo impegnata in una fitta conversazione con una ragazza dall'aria timida e un po' spaesata, con i capelli raccolti sulla nuca e grossi occhiali da vista. Edith, mi sembra si chiami.

Le osservo per qualche istante, anche se, a causa del brusio causato dalle altre conversazioni, non riesco a comprendere di cosa stiano parlano. Non che mi importi, a dire il vero. Mi interessa soltanto seguire lei, Daphne. Anche se ora dovrei proprio distogliere lo sguardo, prima che qualcuno, se non addirittura lei stessa, si accorga che la sto puntando.

Ma proprio quando mi decido a staccarmi da lei, Daphne volta il viso verso di me. Allora torno su di lei, come attratto da una calamita irresistibile, e i nostri sguardi si agganciano e si incrociano. Non so cosa fare, le sorrido. O almeno, ci provo. Senza alcun risultato, perché lei si volta quasi di scatto e riprende a parlare con la sua nuova amica.

Per non sembrare troppo solitario, cerco di inserirmi nel discorso di George e Clay, un altro degli organizzatori seduto vicino a noi, che ora verte sul loro passato sui campi da rugby, sport che ho praticato anche io per un certo periodo, e sul prossimo torneo delle Sei Nazioni. Mentre la conversazione prosegue, viene servita una scelta di primi piatti, tra cui risotto ai funghi e pasta al salmone.

Mi sforzo per resistere, ma non posso fare a meno di rivolgere un'altra occhiata a Daphne, sperando che nessuno (e nemmeno lei!) si accorga dei miei sguardi fugaci. Ma è come se non fossi in grado di evitarlo, non posso smettere di guardarla, di controllare che stia bene. Non so nemmeno io cosa mi stia accadendo e cosa mi aspetti da lei, anche perché… è ovvio che sta bene, insomma! Perché non dovrebbe? Per la mia presenza qui? Sono un idiota!

Per staccarmi definitivamente da lei, mi volto del tutto verso Amanda, che mi sta seduta accanto. Non mi va poi tanto meglio perché ora la mia ragazza, ignara di tutto il mio trambusto interiore, sta spiegando a Charlotte come ottenere la luce perfetta nelle foto dei piatti che ci sono appena stati serviti. Fingo di assecondarle per qualche minuto, prima di tornare alla conversazione di George che però ora sta discutendo proprio con Alan, il ragazzo di Daphne, a proposito di investimenti tecnologici da operare in certi tipi di aziende. Argomenti di cui io capisco ben poco ma mi sforzo comunque, dicendo qualcosa a caso solo per assecondarli.

Però, a un certo punto, non so come né perché, il discorso verte sulla cucina e i due si inseriscono nella conversazione di Amanda e Charlotte, trascinando a forza anche me e parlando delle doti culinarie di ognuno di noi.

Da questo punto la serata, almeno per me, inizia a prendere una piega quasi surreale quando Alan, nel tentativo di coinvolgere Daphne, le rivolge una domanda a bruciapelo.

«Tesoro, racconta un po' di quella volta in cui, nel tentativo di seguire la ricetta di un grande chef televisivo, hai quasi mandato a fuoco la cucina! Così magari William, che è l'unico vero esperto qui, si potrà fare due risate, oltre a dare qualche suggerimento a tutti noi.»

La vedo avvampare. E vorrei intervenire per difenderla, però non posso. Questo stronzo si sta divertendo alle sue spalle, ma non solo. La sta spudoratamente prendendo in giro di fronte a tutti, a gente che nemmeno conosce, oltretutto. Stringo i pugni, cerco di trattenermi. So fin troppo bene che Daphne è sempre stata un disastro in cucina, però... che diritto ha questo coglione di umiliarla così?

Deglutisco a fatica, mentre intorno a noi si crea un silenzio quasi irreale. Anche Amanda e Charlotte sono rimaste zitte, come in attesa.

La prima a riprendersi è proprio Daphne che, dopo essersi morsa il labbro inferiore, accenna un sorriso. Ma solo io noto i suoi occhi lucidi?

«Eh... sì, ho combinato davvero un disastro. Per fortuna Alan si è accorto in tempo e io...»

Daphne lancia un'occhiata allo stronzo, voglio dire... a quel pezzo di... insomma, al suo ragazzo, ma non conclude la frase. La lascia in sospeso così, come se non ci fosse poi molto da aggiungere, da spiegare. Io inizio a pensare che, se proseguisse, la situazione potrebbe evolversi in due modi nettamente contrastanti.

Nel primo caso scoppierebbe a piangere per poi ritirarsi in tutta fretta.

Nel secondo caso lo manderebbe a farsi fottere e... e non lo so ma, dentro di me, spero sinceramente che scelga questa seconda opzione.

Invece non sceglie nessuna delle due. In maniera del tutto inaspettata punta gli occhi direttamente su di me, con uno sguardo fermo, deciso. Come non ha mai fatto da quando ci siamo trovati intrappolati in questa villa e in questa situazione surreale. Mi guarda ma resta in silenzio. Ricambio lo sguardo, vorrei aggrapparmi a qualcosa da dire ma rischierei di peggiorare la situazione.

Dopo qualche istante di smarrimento, è Amanda la prima a riprendersi e a sbloccare la conversazione, mentre gli altri restano in attesa.

«Anche io sono un disastro, se è per questo, così nemmeno mi avvicino alla cucina!» Ridacchia divertita ma credo abbia percepito il clima un po' teso creato dallo str... da Alan. «Per questo ho scelto di stare con William, perché lui è davvero eccezionale!»

Okay, quindi ha appena dichiarato pubblicamente che sta con me solo perché so cucinare? Peccato che però sia costantemente a dieta e non mangi quasi nulla! Ah, ecco... forse voleva dire che fotografa i piatti che preparo per "instagrammarli".

Sorrido, nonostante tutto, e le sfioro la schiena con la mano. Nel frattempo, però, noto Daphne corrucciare leggermente la fronte. Pagherei per sapere cosa sta pensando in questo momento. Forse che io non sto messo molto meglio di lei? Ma non credo che le "gaffe" dei nostri nuovi fidanzati si possano paragonare, insomma!

«Voglio dire... Will ha anche tante altre doti!» Amanda prosegue, forse nel tentativo di rimediare il danno e di "metterci una pezza". «Sa fare tante altre cose, soprattutto...»

A questo punto mi lancia un'occhiata allusiva. Anzi, mi percorre proprio, mordendosi le labbra con aria provocante. E non servono altre spiegazioni per comprendere cosa intende. Come si dice? Quando la pezza e peggio del buco...

Fantastico, comunque! Amanda sta con me perché so cucinare e sono bravo a letto. Non che mi lamenti, poteva andarmi peggio.

Per fortuna gli altri del gruppo la prendono sul ridere e si divertono. A tal punto che Amanda continua la sua serie di battutine provocanti, supportata da Charlotte e da George.

Solo Daphne non ride, resta piuttosto seria e punta gli occhi su di me, inclinando leggermente la testa e sollevando il bicchiere di vino, che non aveva ancora toccato.

"Lo so." Leggo il suo labiale, prima che si porti il bicchiere alle labbra.

Lo sa? Cosa sa? Sospiro mordendomi le labbra.

Che si è scelta un fidanzato stronzo? Forse anche più stronzo di me?

Oppure che... Stringo gli occhi su di lei, mentre gli altri continuano a ridere e a divertirsi. Deglutisco a fatica osservando come si passa la lingua sulle labbra, appena posato il bicchiere. Non credo che lo stia facendo apposta, per tentarmi. È sempre stato abbastanza naturale, in lei. Ma io... cerco di trattenermi e distolgo completamente lo sguardo.

Non va bene. Stiamo percorrendo un sentiero pericoloso, entrambi. O meglio, forse Daphne non sta pensando a nulla di

54

ciò che passa nella mia mente in questo momento. Sarebbe anche molto meglio così, a questo punto.

«Magari un giorno potremmo organizzare un corso di cucina in una villa di campagna come questa!» George mi richiama in causa e io devo tornare a concentrarmi sulla conversazione. «Tu saresti disponibile, William?»

«Sì, certo. Sarebbe divertente.» Mi schiarisco la voce e rispondo meccanicamente, senza nemmeno pensarci. «Se decidere di organizzare qualcosa del genere, io ci sto.»

Sembrano tutti sinceramente interessati all'idea. Tranne Daphne, probabilmente, che immagino vorrebbe trovarsi a mille miglia da questo posto e da me. Se non fosse che il suo "fantastico fidanzato" la richiama subito all'ordine.

«Bene, sarebbe davvero utile a tutti, vero Daphne?» A quanto pare, Alan non vuole proprio saperne di cedere. «Così forse un giorno potrai finalmente preparare qualcosa di commestibile.»

«Certo, non vedo l'ora!» Questa volta, invece di ritrarsi e sentirsi umiliata, Daphne reagisce e replica con grinta. «Così magari scoprirai anche tu che c'è un mondo che ti aspetta, al di là del tuo smartphone, delle azioni e degli investimenti. Vero, amore?»

Si volta per un istante verso di lui e gli lancia un'occhiata impertinente. Di quelle che rivolgeva anche a me quando discutevamo. E accadeva abbastanza spesso.

A questo punto è proprio Alan a tacere. Credo che lo abbia punto sul vivo e che lui se lo meriti. Ci scambiamo un'occhiata, ma Daphne trattiene lo sguardo su di me solo per un istante. Forse voleva dimostrarmi che è ancora in grado di difendersi, quando serve.

La serata prosegue e, all'arrivo del dolce, l'atmosfera sembra più rilassata, almeno per quanto riguarda me e le persone che mi siedono accanto. L'attenzione si focalizza per lo più sul cibo, sul programma organizzato per i prossimi giorni e sulla notte di Capodanno. In seguito, i discorsi variano tra gli ultimi film usciti e aneddoti di Amanda e Charlotte sulle sfilate di moda.

Quando la cena ha finalmente termine, gli ospiti si dividono in gruppi tra chi si dirige nel salone per un liquore o un caffè, chi vorrebbe organizzare qualche partita di giochi da tavolo, chi si avventura in veranda per prendere un po' d'aria.

Amanda coglie l'occasione per scattare un paio di foto all'angolo del bar e io mi lascio trascinare senza discutere. Anche se rifiuto di farmi riprendere mi presto a inquadrare lei e Charlotte seguendo diligentemente le loro indicazioni.

Nel frattempo, cerco di non guardarmi troppo intorno, alla ricerca di Daphne. Mi sento quasi "scoperto" e sto iniziando a preoccuparmi, come se temessi costantemente di tradirmi, di lasciar trapelare qualcosa. Devo mantenere il controllo, questo è certo. Meglio continuare a fingere, a tenere nascosto ciò che ormai è troppo tardi per far risalire in superficie. Avremmo dovuto pensarci prima, entrambi, invece che celare la verità per tacito accordo.

Però il pensiero non mi abbandona, a tal punto che sta assumendo dimensioni sproporzionate rispetto a ciò che sarebbe sembrata una circostanza banale, ormai appartenente a una storia passata e dimenticata da anni.

Come diavolo riuscirò a reggere questa situazione per i prossimi giorni, se già mi sento sul punto di esplodere?

CAPITOLO 11

Daphne

Questa cena è stata un vero incubo!

Ho perso il conto di quante volte avrei voluto sprofondare, inabissarmi sotto al tavolo per non risalire più. Non che ora la situazione sia migliorata.

Per fortuna la conversazione con Edith mi ha tenuta impegnata, in modo tale da riuscire a distrarmi dagli sguardi di William. E anche da quelli che io stessa avrei rischiato di lanciare a lui, ripetutamente.

Resto con lei, mentre Alan continua a parlare con George, Jason e altri suoi amici e colleghi. Per un attimo ho seguito con lo sguardo William, mentre si allontanava insieme ad Amanda, ma poi ho lasciato perdere. Non sono interessata ai suoi programmi per il resto della serata.

«Mi sento un po' fuori posto» mi confessa Edith, guardandosi intorno impacciata. «Non so proprio nulla di economia e finanza, non uso quasi mai i social media, a meno che non sia costretta a causa del lavoro, e cucino il minimo indispensabile alla mia sopravvivenza.»

«Allora ci troviamo in una situazione praticamente simile.» Sorrido, stringendomi nelle spalle. «Mi fa piacere, la tua presenza qui mi fa sentire meno sola. Io lavoro come copywriter per un'agenzia pubblicitaria, mi occupo principalmente della sezione creativa ma so ben poco di tutto il resto. E in cucina sono davvero un disastro, Alan non stava esagerando.»

«Beh, secondo me la vera fortunata è Amanda!» Edith sospira alzando gli occhi al cielo. «William sa cucinare ed è anche… insomma, è un gran bel ragazzo!»

Ecco, ci mancava soltanto che l'unica persona che potrebbe essermi amica qui dentro decantasse le lodi del mio ex rigirando il coltello nella piaga! Anche se, ovviamente, lei non può immaginare l'effetto che mi fa sentire parlare di lui.

Resisto ancora un po' per non abbandonarla da un momento all'altro. Poi, con la scusa della stanchezza del viaggio e del nuovo ambiente, mi ritiro in camera per non rischiare di tradirmi con qualche parola o qualche sguardo di troppo.

In effetti, non ho mentito. Non questa volta, almeno. Sono davvero stanca e disorientata. E, soprattutto, non riesco a comprendere questa assurda svolta del destino. Come se pretendesse che io faccia i conti con questioni irrisolte, un capitolo della mia vita rimasto in sospeso. Oppure… oppure sta semplicemente giocando con me, portandomi all'esasperazione. E, mi costa ammetterlo, ma a questo punto ci sono davvero molto, anzi troppo, vicina.

Prendo il cellulare per mandare un messaggio a Janice, ma poi decido di lasciarla in pace. Tanto non cambierebbe la mia situazione. Sospiro e mi guardo intorno, mi sento quasi in trappola, in questo momento. Tanto vale mettermi davvero a dormire, ho bisogno di riposare. Ma la verità è che vorrei evitare di interagire con Alan, quando si deciderà a raggiungermi, facendomi trovare già addormentata.

Non mi è stato d'aiuto, questa sera. Mi ha messa in imbarazzo. Anche se, in realtà, non ha fatto nulla di molto diverso dal solito, questo è il suo comportamento standard che io ho sempre accettato con calma, senza scompormi troppo. La differenza però, questa volta, è che lo ha fatto di fronte a William. E io ho dovuto lottare per non mostrarmi troppo infastidita e per non rispondergli a tono.

Forse è William a stimolare la mia ribellione, non si tratta solo dei commenti fuori luogo di Alan. Comunque sia, non ci voglio pensare. Devo liberare la mente per riuscire ad addormentarmi.

Come si dice? Domani è un altro giorno. E io devo riuscire in tutti i modi a stare lontana, anzi lontanissima, da William e dalla sua bionda ed esuberante fidanzata.

***

La prima mattina a Fairfield Manor ci mostra tutto il fascino della campagna inglese, immersa in un clima invernale da cartolina. Un velo di brina bianca si è depositato sul giardino, cristallizzando le foglie degli arbusti e ricoprendo la ghiaia di minuscoli diamanti. Il profumo del caffè e del pane tostato aleggia per i corridoi in pietra, dove i tappeti antichi attutiscono i passi di chi si avvia verso la sala destinata alla colazione che Ruben mi indica con la consueta gentilezza.

Varcando quella porta, cerco di nascondere la mia aria stanca e confusa, essendo reduce da una notte agitata e quasi insonne. Nel corso delle ore, nonostante la mia volontà di distaccarmene completamente, i pensieri sull'incontro con William mi hanno svegliata più volte. Anzi, a dire il vero non sono proprio riuscita a prendere sonno, sentendomi oppressa da un fastidioso dormiveglia. Come se il mio corpo fosse esausto ma la mia mente costantemente attiva e lucida. Oltretutto, ho avuto la netta sensazione di percepire la sua voce, roca e profonda, mescolata alle risatine allegre e un po' stridule di Amanda. Un vero incubo, insomma! La mente mi sta giocando brutti scherzi.

Come se non bastasse, Alan è stato preso da un'insistenza maniacale nel voler organizzare i tempi e le attività dei partecipanti, come se gli altri fossero obbligati a divertirsi a tutti i costi e un suo preciso dovere tenerli impegnati. Così ha trascorso buona parte della nottata a delineare diverse opzioni di itinerari da proporre agli ospiti. Forse è stata quella sua silenziosa frenesia a tenermi sveglia.

Essendo sceso prima di me, quando arrivo lo trovo già in sala, in piedi accanto al tavolo imbandito con tè, caffè, cioccolata, brioches calde, marmellate fatte in casa e un'ampia gamma di cibi per tutte le preferenze in fatto di colazione, dolce o salata. Io mi sento stravolta, vorrei solo un caffè fortissimo, ma Alan, nonostante non abbia dormito molto più di me, è come sempre impeccabile, con i suoi jeans scuri, la camicia azzurra che mette in risalto gli occhi grigio-verdi, e i capelli pettinati all'indietro.

Ricambio il suo sorriso e noto che sta sfogliando un'agenda piena di appunti.

«Eccoti qui, tesoro!» Esclama con un entusiasmo esagerato, attirandomi a sé per la vita e baciandomi la tempia. «Sto giusto riorganizzando l'orario delle attività della giornata.» Mi indica, con aria soddisfatta, l'agenda che tiene tra le mani. «Ho pensato di proporre una passeggiata nel boschetto dietro la villa verso le dieci, poi una visita alla cantina per una degustazione di vini alle undici, e a seguire un brunch leggero…»

Mi sento a disagio e non so come tirarmi indietro, confessare ad Alan che tutta questa organizzazione è un po' troppo per me. Insomma, mi piace l'idea di trascorrere del tempo con gli altri, anche conoscerli meglio a questo punto, ma la pianificazione quasi militarizzata del tempo che Alan sta impostando mi sembra davvero eccessiva.

«Wow, non credevo ci fosse bisogno di un calendario così fitto. Siamo qui in vacanza, no?»

Ci provo comunque, sperando di non offendere lui e il suo impegno. Lo so che ci tiene a fare bella figura come organizzatore, ma così rischia solo di ottenere l'effetto opposto, risultando opprimente, assillante.

Alan si stringe nelle spalle, con un mezzo sorriso. «Ma certo, questo è solo un modo per non perderci nulla di questa bellissima zona. Non capita spesso di avere a disposizione un posto del genere. Voglio assicurarmi che tutto fili liscio. Poi ovviamente ognuno è libero di fare ciò che vuole.»

Così dicendo chiude l'agenda, quasi di scatto e producendo un piccolo botto. Nonostante le parole compiacenti, mi rendo conto che è nervoso, quasi stizzito per l'appunto che gli ho appena rivolto. Non era certo mia intenzione criticare il suo operato, ma mi sento comunque sotto accusa. Come se la mia osservazione fosse stata diretta a lui. Come se la mia intenzione fosse stata quella di sminuire il suo impegno o indebolire il suo controllo.

In ogni caso, mi rendo conto che non si tratta affatto della prima volta in cui percepisco in Alan questa tendenza a programmare ogni istante della giornata, ma non l'avevo mai notato a tali livelli. E questo, inevitabilmente, mi costringe ad andare indietro nel tempo, alla ricerca di un confronto assurdo, di un paragone che non dovrebbe nemmeno sussistere. Con William la situazione era di certo più naturale, come se fossimo prevalentemente guidati dall'istinto. Più intensa, forse anche più disordinata e frustrante, ma decisamente non era la spontaneità a mancare, tra noi.

Comunque, inutile recriminare o rivangare il passato, ora. So che Alan sta facendo del suo meglio. E so che le sue intenzioni sono buone, anche se a volte diventa un po' pesante e opprimente nel suo tentativo di compiacere tutti.

«Alan...» Sorrido e gli circondo la vita con un braccio, appoggiando la tempia alla sua spalla. Poi sollevo lo sguardo su di lui. «Sta andando tutto molto bene, davvero.»

Annuisce e mi rivolge un sorriso un po' forzato. Non sembra troppo convinto e si stacca quasi subito da me, per muoversi verso alcuni degli ospiti che stanno facendo il loro ingresso nella sala per la colazione. Sospiro e cerco di calmarmi. Forse è meglio che lasci fare ad Alan ciò che ritiene più opportuno, senza interferire.

Lancio un'occhiata al lungo tavolo, dove gli ospiti si stanno accomodando. Ci sono anche William e Amanda, tra gli altri. Non so se evitarli sia la scelta più saggia, anche se è sicuramente la più opportuna. C'è altra gente qui e si tratta soltanto di pochi giorni. Non sarà di certo così difficile fare amicizia e interagire con altre persone. Però... però è dentro di me che qualcosa non va, che non funziona. Non so nemmeno io cosa, nello specifico, è come una mancanza, un'assenza che mi pesa e mi brucia dentro, in profondità.

Mi focalizzo su William, solo per qualche istante. Il suo viso, il modo in cui tiene lo sguardo chinato, concentrato. Ricordo che ha sempre avuto qualche problema a svegliarsi al mattino, proprio come me. Ricordo le nostre corse per recuperare tutto il ritardo accumulato, gli scontri per il bagno, il caffè buttato giù all'ultimo minuto... e il pensiero mi strappa un inevitabile sorriso.

Poi, forse attirato da qualche commento, William si volta e sorride ad Amanda. E le rivolge quello sguardo, socchiudendo leggermente gli occhi scuri. Quello sguardo che non è più mio, che non sarà mai più mio.

Sono una sciocca, ecco. Non si tratta più di sentimenti, è solo un po' di malinconia. Come se avessi nostalgia di un passato che non potrà più tornare. E quel passato comprendeva anche lui. Tutto qui. Non c'è altro. È davvero tutto qui.

CAPITOLO 12

William

Ho dormito poco e male. Non è stata colpa del letto, davvero ampio e comodo. E nemmeno di Amanda, che mi ha tenuto sveglio parlando e ridendo con la registrazione dei suoi video, prima di sprofondare nel sonno. Almeno lei, ci è riuscita. Io avevo la testa altrove.

Sono un cretino, mi rendo conto. Ma non posso fare a meno di pensare a come sarà, per lei. Ovviamente sarà stata a letto con altri, dopo di me. Non solo con Alan. Insomma, non ne ho idea. Comunque sia… da quando sono affari miei? Io e Daphne non stiamo più insieme da una vita, ormai! Ed è stata la scelta giusta, per entrambi. Quindi devo rimuovere dalla mia stupida mente ogni pensiero in proposito! Forse è soltanto la certezza di averla qui intorno, nella stessa casa ma con un altro, a causarmi questa strana sensazione di… non so nemmeno come definirla, ma mi disturba. Mi disturba e mi fa incazzare, anche se la logica cerca di convincermi del fatto che io non ho nessun diritto di incazzarmi!

Mi siedo al tavolo per la colazione, accanto ad Amanda, e cerco di far scorrere il caffè nella tazza senza schizzare ovunque. Sono ancora mezzo addormentato, e tengo lo sguardo basso per evitare che altri lo notino. La verità è che mi sto sforzando perché non voglio cercarla. L'ho intravista, appena entrato, ma non voglio assolutamente guardarla o rischiare di tradire qualche emozione nei suoi confronti.

Faccio del mio meglio per trattenermi ma Amanda, come sempre, è un turbine di chiacchiere, di sorrisi e di fotografie per quei dannatissimi social. Mi mostra il suo profilo Instagram: #Breakfast #FairfieldManor… Annuisco e le sorrido entusiasta, o almeno ci provo, senza leggere oltre. Ma la mia inarrestabile ragazza non desiste.

«Amore, fammi un bel sorriso che ti faccio una foto mentre versi il caffè! Sai che i miei follower adorano le "morning vibes". E tu sei così sexy con quell'espressione da cucciolo mezzo addormentato!»

«Ah, grazie…» sospiro e alzo gli occhi al cielo. Avrei sperato di godermi qualche minuto di pace lontano dai social media, ma niente da fare. È la mia condanna, a quanto pare! Sorrido e mi volto verso di lei, non sono dell'umore per discutere, preferisco accontentarla. Così cerco di dissimulare, alzando gli occhi dalla tazza. «Davvero credi che a qualcuno possa interessare vedermi mentre faccio colazione?»

Amanda sospira e mi scruta come se fosse evidente. O meglio, come se io fossi proprio fuori dal mondo e dal tempo.

«Ma certo, tesoro! Ogni momento qui è speciale, sono tutti entusiasti di questo posto, non hai visto i like e i commenti alle mie foto e ai miei reels? I miei contatti saranno entusiasti di vedere com'è la nostra colazione a Fairfield Manor! E di vedere te, soprattutto!»

«Mmh…» Annuisco convinto senza esprimere ciò che penso davvero. Spero che non pretenda, in questi giorni, di fotografarmi anche seduto sul cesso di Fairfield Manon nel fantastico bagno della nostra stanza. Mi mordo le labbra, meglio tacere, Amanda potrebbe anche prendermi sul serio!

Però mi rendo conto che, prima o poi, dovremo affrontare il discorso. Questa cosa le sta prendendo un po' troppo la mano, ultimamente. Capisco il suo lavoro, capisco che per lei è una fonte di guadagno e che vorrebbe ottenere ancora di più, però… il punto è che la nostra relazione sembra ruotare quasi del tutto intorno ai suoi post, alle stories, alle dirette, alle collaborazioni. E io mi sento soffocare, il più delle volte. Non vorrei ammetterlo e so che lei lo fa anche per aiutare me, ma inizio a sentirmi come un accessorio da fotografare nella vita di Amanda. Qualcosa di utile per far aumentare i like ai suoi post. E pensare che all'inizio, quando ci siamo conosciuti a una presentazione estiva organizzata da Mark e da alcune amiche di Amanda al "Bloom Thyme", avevo trovato il tutto molto divertente e non ero riuscito a resistere al suo entusiasmo, alla sua determinazione di voler accrescere i follower del mio locale.

Saluto con un cenno alcuni degli altri ospiti della villa, quelli con cui abbiamo già interagito, soprattutto. George sembra sempre di ottimo umore, tanto che prova a lanciarsi in qualche battuta spiritosa, forse sperando di attirare l'attenzione delle ragazze, di Edith e Charlotte, soprattutto.

«Che nottata, gente! Ho sognato di giocare l'ultima partita del torneo delle Sei Nazioni per il Galles. La vittoria era in mano a me, stavo proprio per segnare l'ultimo punto e… sono rotolato giù dal letto, avvolto nelle lenzuola come un salame!»

«Almeno è stato divertente, sempre meglio di un incubo!» Edith è l'unica a considerarlo, al momento. E dal modo in cui lo guarda e arrossisce sembra avere un debole per quello sbruffone di George. Proprio vero che, a volte, gli opposti si attraggono.

Charlotte, invece, è tutta presa a raccontare ad Amanda della mini-sessione di yoga che è riuscita a prenotare nella sala fitness della villa e le porge un dépliant con le altre discipline presenti.

«E poi, la luce lì è fantastica, devi provare! Ho fatto un reel pazzesco! Guarda…» Le mostra il cellulare entusiasta e Amanda congiunge le mani, con lo scintillio che le appare negli occhi quando si prospetta per lei una nuova idea geniale su come sfruttare i suoi social media.

Parole su parole, da parte di tutti. Nel frattempo, si avvicina anche Alan, prendendo posto per la colazione e iniziando una discussione con Jason a proposito di un affare da finalizzare assolutamente prima di Capodanno.

Con l'avvicinamento di Alan, anche Daphne è costretta a scegliere il nostro gruppo. Forse avrebbe sperato di appartarsi e sistemarsi altrove, ma mi rendo conto che non può nemmeno rischiare di destare troppi sospetti prendendo le distanze da me in un modo troppo evidente.

Così, si sistema accanto al suo fidanzato e gli rivolge un sorriso dolce che però lui, preso dalla conversazione con Jason, non ricambia. Nemmeno se ne accorge, a dire il vero. La osservo, anche se di sottecchi, versarsi il caffè, aggiungere molto latte, e spalmare sul pane tostato il burro e la marmellata di arance. Poi sospirare, come se si stesse chiedendo se ha davvero appetito o cerca di sforzarsi a mangiare qualcosa solo per abitudine.

All'improvviso, solleva il viso quasi di scatto e volta lo sguardo, puntandolo decisa verso di me. Non finge nemmeno di girarsi con cautela, come se stesse guardando tutti e nessuno in particolare. Così mi becca in pieno a osservarla. Ma comunque gli altri sono abbastanza presi dal cibo e dalla conversazione per accorgersi di noi.

Vorrei parlarle, in questo momento. Vorrei davvero capire come sta. E se posso fare qualcosa per lei. Magari potrei davvero provare a mandarle un messaggio, solo per...

No, sarebbe sciocco e anche inutile. E se poi lo beccasse Alan? Non so perché, ma mi sembra il tipo, il classico maniaco del controllo. Forse sto esagerando, ma in ogni caso credo sia meglio trovare l'occasione per scambiare qualche parola in privato, a questo punto. Non vorrei che Amanda si accorgesse di qualcosa, a dire il vero anche lei a volte prende il mio telefono senza chiedere. Non ho mai avuto nulla di particolare da nascondere, a parte ora, ma detesto quando lo fa.

Sospiro e torno al mio caffè. E alla "maratona fotografica" di Amanda, per cui fingo un interesse spropositato. Però non resisto, lancio un'ennesima occhiata a Daphne. Non mi sta più guardando, ma come richiamata da me viene attratta dai miei occhi che si immergono nei suoi. E, anche contro la mia volontà, un pensiero si fa vivo in me, prendendo possesso della mia mente e di qualcosa che, all'interno del mio essere, non riesco a capire, tanto da non saperne spiegare l'origine.

Perché ti ho lasciata andare?

CAPITOLO 13

Daphne

Mi sono dovuta obbligatoriamente sedere a poca distanza da William. Alan si è messo a discutere accanitamente con Jason di affari che non voglio nemmeno sforzarmi a comprendere, per cui non ho avuto scelta.

Quindi sono qui e mi sento sola contro al mondo, questa mattina. Anche Edith è presa da altro. Da un altro, nello specifico. George e quel suo modo di fare simpatico e un po' sfacciato. Però possiede un certo fascino, lo ammetto.

Verso il mio caffè e latte e mi preparo una fetta di pane con burro e marmellata di arance. Rielaboro la mia conversazione con Alan, la sua smania crescente di organizzare e di gestire la vita degli altri. La mia, soprattutto. Non dovrei e nemmeno vorrei, ma mi sento in trappola. E la verità è che non mi sono mai sentita così, quindi non ne comprendo il motivo. So bene che Alan è fatto a modo suo anche se non mi è mai sembrato così evidente. Anzi, in parte era stata questa sua sicurezza ad attrarmi in lui.

Inevitabilmente provo un bisogno crescente di trovare qualche momento di libertà, di sfuggire dalla pianificazione imposta da Alan. Forse non è nemmeno un vero bisogno, il mio, ma un semplice atto di ribellione a cui non so resistere.

Come non so resistere alla tentazione di sollevare il viso e voltarmi, quasi di scatto, verso William. Come se si trattasse di una necessità imprescindibile, di un bisogno vitale. Inaspettatamente, anche lui mi sta fissando. Però viene richiamato da Amanda e dalle fotografie che credo abbia appena pubblicato su qualche suo social.

Ma quel brevissimo istante scatena qualcosa dentro di me. Mi volto, solo per non farmi notare dagli altri a fissarlo. Cerco di concentrarmi per seguire, almeno in parte, la conversazione di Alan e Jason, ma senza successo perché il mio disinteresse è fin troppo palese.

Non riesco proprio a resistere. Devo per forza lanciare un'ulteriore occhiata a William, come se ci fosse una calamita ad attrarmi, a richiamare il mio sguardo su di lui. Lo scopro a guardarmi, di nuovo. Sospiro e cerco di deglutire.

Non va bene, così. Certo che non va bene. Anche ripercorrere la strada dei ricordi, non va bene. Rivangare un passato ormai sepolto e dimenticato. Non tanto per me, quanto per lui. I nostri gesti, i nostri sguardi. Il suo modo di sorridermi, di stringermi…

No, mi devo assolutamente fermare!

Perché ci siamo lasciati, alla fine?

Per l'ambizione di William. Per la mia amarezza nel ritrovarmi sempre più sola, come se lui mi stesse gradualmente abbandonando, giorno dopo giorno. Come se stessi diventando di secondaria importanza, nella sua vita. Per la certezza che a breve lo avrebbe fatto, mi avrebbe lasciata, se non avessi agito io per prima.

Del resto, lui aveva lamentato il fatto che io non lo capissi, che non lo sostenessi nella sua impresa. Ecco, a questo punto credo che, insieme ad Amanda, William abbia trovato la persona che cercava e di cui aveva bisogno. La persona che non sono mai stata io.

Eppure, nonostante le nostre incomprensioni, io lo amavo. Anzi, credo di non avere mai amato così. Né prima né dopo.

Ora, vedendolo insieme a un'altra, tutto è risalito in superficie. Come in una dinamica che non c'entra proprio nulla con la nostra rottura, eppure, in qualche modo singolare e assurdo, la rievoca. E mi fa anche male un po'.

Comunque sia, devo riuscire a lasciarmi questa storia alle spalle, una volta per tutte. Non ho alternativa, mi pare. Si tratta soltanto di pochi giorni poi tutto tornerà alla normalità. Magari dovrò affrontare un determinato discorso con Alan. Cercare di andargli incontro, in qualche modo. Sto bene insieme a lui, mi sento tranquilla e senza tormenti interiori a sconvolgermi il cuore, quindi vorrei sistemare le cose, tra noi. Poi tutto procederà nella giusta direzione, per entrambi.

Sospiro e mi concentro sulla mia colazione, mentre Freddie, uno dei nostri camerieri, mi mette di fronte un vassoio di croissant appena sfornati. Lo ringrazio, con un sorriso. Hanno un profumo e un aspetto delizioso. A questo punto, tanto vale approfittarne e buttarmi sul cibo!

Va tutto bene. Io sono felice. Sono serena. E questa è l'unica cosa che conta, per me.

***

Su suggerimento di Alan e seguendo i preziosi consigli di Ruben, buona parte del gruppo si avvia verso l'esterno di Fairfield Manor per una passeggiata esplorativa nel boschetto circostante.

Così, ci incamminiamo lungo il sentiero che parte dal retro della villa, attraversando un cancello di ferro battuto parzialmente arrugginito. Alan guida la "spedizione" con un foglio ripiegato che trattiene tra le mani come una specie di mappa delle attività.

Io lo affianco, nel tentativo di incoraggiare le sue idee e il suo impegno. Faccio del mio meglio, come mi sono ripromessa. Tento addirittura di aggrapparmi affettuosamente al suo braccio, per sostenermi. Non mi respinge, ma una sua occhiata un po' gelida mi mette in guardia e mi convince a desistere. Lo infastidiscono troppe effusioni in pubblico, ne sono consapevole. Soprattutto se si trova circondato da amici e colleghi.

Lascio perdere del tutto e concentro l'attenzione sul panorama. Il bosco è formato da querce secolari, faggi e altri tipi di alberi, i cui rami disegnano contorni affascinanti in netto contrasto con il cielo azzurro grigiastro. Il terreno, abbastanza morbido per la neve sciolta, costringe tutti noi a camminare con cautela per non rischiare una scivolata.

Osservo con attenzione le tracce di piccoli animali impresse nel fango. Dopo il rifiuto di Alan, mi stacco un po' da lui per avvicinarmi a Edith che, al momento, si ritrova sola quanto me visto che George sta intrattenendo altri ospiti senza pensare di coinvolgerla.

«È davvero un paesaggio spettacolare.» Edith mi rivolge la parola per prima e mi sorride con dolcezza. Sono contenta di aver "mollato" Alan con la sua tabella di marcia per camminare accanto a lei. «Mi ricorda un po' le ambientazioni di certe poesie di Tennyson, forse in parte anche di Keats.»

«Sì, proprio vero. Mi sembra di essere ripiombata nei classici della letteratura inglese.» Annuisco convinta. «In effetti questa potrebbe essere l'ambientazione ideale per una storia.»

«Una storia d'amore, magari anche un po' inquietante» conferma Edith, sistemandosi gli occhiali. I suoi occhi chiari, dietro le lenti, sono decisamente sognanti ora. «Sarebbe bello lasciare libera la fantasia...»

«Certo, perché no?»

Edith non replica, si limita a stringersi nelle spalle. Mi accorgo che è leggermente arrossita, ma potrebbe trattarsi soltanto del freddo.

Forse sta tentando di rispondermi, ma veniamo entrambe distratte dalle voci di Amanda e Charlotte, che ora si ritrovano proprio alle nostre spalle. Si stanno scatenando alla ricerca degli angoli più suggestivi per scattare nuove fotografie.

«Devo assolutamente pubblicare una storia!» Charlotte sta turbando, con la sua voce squillante, la pace del luogo. «Oddio, ti prego, ti prego... riprendimi qui!»

«Amore! Facciamo un selfie, ora. Lo necessito, ti pregooo...» Riconosco Amanda. E di certo non si sta rivolgendo a Charlotte, questa volta. Chi sarà mai questo "amore"? «Coraggio, Will, raggiungici! Non stare in disparte!»

Ecco, appunto. Il suo "amore" Will. Il mio "ex" Liam. La stessa persona che percepisco borbottare alle mie spalle. Il solo e unico William Carter.

«No, ragazze. Io un selfie in quella posa e con quella smorfia a culo di... no, non la faccio! Ne va della mia reputazione!»

Ora sono curiosa. Tanto che vorrei voltarmi per controllare cosa quelle due pretendano da William. Anzi, a dire il vero mi volterei solo per ridergli in faccia e prenderlo in giro.

«Ma insomma, tesoro, non c'è nulla di male!» Amanda non si arrende. Inizia a starmi simpatica, nonostante tutto. «È divertente! Sono sicura che piacerà un sacco!»

Non riesco a resistere, mi giro per lanciare una breve occhiata. Vedo Amanda e Charlotte con le braccia intrecciate a cuore, le labbra increspate in un bacio e gli sguardi ammiccanti. William si accorge di me e io gli rivolgo un sorrisetto sadico, stringendomi nelle spalle.

«Dopo... mmh...» William si schiarisce la voce. Risponde ad Amanda, tenendo però gli occhi puntati su di me. «Dopo farò tutto quello che vuoi. Ora preferisco passeggiare e ammirare la natura che ho di fronte.»

«E va bene!» Noto un certo risentimento, nella voce di Amanda. Però evita di tormentare ancora William e non aggiunge altro.

Io invece evito di intervenire, ovviamente, e mi volto per proseguire la conversazione con Edith. Qualche minuto più tardi, Alan si decide a raggiungermi. La sua espressione sembra più tranquilla, tanto da circondarmi le spalle con un braccio in modo insolitamente tenero.

«Cosa ne dici, cara? Ti stai divertendo?»

«Certo, come no!» Sorrido e piego leggermente la testa sulla sua spalla. «Però potremo anche fermarci un attimo, cosa ne pensi? Magari solo una piccola sosta, per contemplare il paesaggio.»

«Ho promesso a tutti che saremmo tornati alla villa entro un'ora per una degustazione dei vini. Ho chiesto a Ruben e ai camerieri di iniziare ad allestire la cantina per noi. Se rallentiamo troppo, potremmo far tardi per l'appuntamento.»

«Certo, capisco.»

Capisco che sono stanca e vorrei fermarmi a riposare e guardare un po' intorno. Capisco che mi sembra di marciare come un soldato. Capisco che non me ne frega niente della degustazione dei vini entro un'ora. E capisco che anche gli altri a breve rischieranno di spazientirsi se Alan non concederà loro un po' di libertà. Sospiro e annuisco, posso soltanto sperare che se ne renda conto da solo, prima o poi. E che la smetta di pretendere troppo da tutti, solo per cercare di fare bella figura con i suoi amici, colleghi, presenti e futuri soci e collaboratori...

«Non ti preoccupare, Daphne.» Mi guarda, abbozzando un sorriso, forse intuisce il mio stato d'animo. «Ci sarà tempo per tutto. Abbiamo un programma fitto, ma conto di inserire un bel po' di tempo libero domani per i nostri ospiti.»

Certo, come no! Tempo libero per i nostri ospiti, ma per me? Per noi due?

Sento un moto di insofferenza mescolata a rabbia insorgermi dal centro del petto e divampare per tutto il mio corpo.

Devo calmarmi. Non posso prenderla male, come se si trattasse sempre di un affronto personale. Alan sta facendo del suo meglio e in fondo mi dispiace sentirmi sempre così, come se fossi costantemente irrealizzata e insoddisfatta.

Ma la verità è che non ne posso più di regole e imposizioni. Forse il mio spirito ribelle si sta risvegliando. Forse sono soltanto stanca e ho urgente bisogno di spazi tutti miei. Forse non ce l'ho nemmeno con Alan, in realtà. Non solo, per lo meno. Perché una parte di me è consapevole del fatto che tutta questa malcelata insofferenza sia scaturita dalla presenza, nel nostro gruppo, di una persona, dagli "affari irrisolti" che sono rimasti tra noi. Tra me e William Carter.

CAPITOLO 14

William

Fingendo noncuranza ho ascoltato la conversazione tra Daphne e Alan.

Lei sembra sul punto di esplodere. Si sta trattenendo a fatica, lo so. Per quanto la conosco, il suo atteggiamento fintamente tranquillo somiglia moltissimo alla quiete che precede la tempesta.

E io... sì, lo ammetto, mi piacerebbe davvero vederla esplodere, a questo punto. Esplodere come a volte faceva con me, strapazzandomi come un tornado con la sua furia, per poi afferrarmi, smettere di resistermi quando io la stringevo tra le braccia e la baciavo, con quella rabbia e quella passione che sentivamo entrambi spaccarci dentro, fino a perdere il controllo.

È passato tanto tempo, mi rendo conto. La sua situazione con Alan è diversa. Anche la mia con Amanda. Siamo entrambi più maturi, più controllati. Meno incoscienti, ecco. Meno... non so nemmeno io cosa. Meno folli, meno innamorati? Sì, forse. Ma evidentemente si tratta del fatto che ora non siamo più dei ragazzini, abbiamo entrambi una carriera, delle responsabilità.

Al termine della passeggiata, su indicazione di Alan, torniamo alla villa e restiamo in attesa del sommelier in arrivo per la degustazione dei vini, a cui io accetto di partecipare, come quasi tutti gli altri.

Nel frattempo però mi trattengo un po' in disparte, controllando le attività in corso. George propone una sfida al tiro al bersaglio con le freccette nel salotto adibito ai giochi. Edith segue lui e altri, tra cui Clay, Laura, Alan e Jason, offrendosi di tenere il punteggio. Amanda e Charlotte si fiondano su un

73

divanetto dai cuscini imbottiti e iniziano a scorrere il cellulare per controllare quanti cuori e commenti hanno ricevuto dai loro follower e, nel caso, rispondere. Sono quasi certo che si stiano confrontando e tra loro sia scattata una sorta di sfida all'ultimo like. A me manca il fiato solo a pensarci. Sento tintinnare il mio telefono di notifiche ma non ho nemmeno voglia di controllare.

A meno che... lo prendo solo per vedere se ho ricevuto un messaggio da lei. Invece no, ovviamente. Perché mai Daphne dovrebbe scrivermi?

Mi guardo intorno, mentre rispondo rapidamente a un messaggio da parte di Mark che mi chiede come sta procedendo la vacanza. Più tardi magari lo metterò al corrente della situazione. Comunque, qui lei non c'è e non mi sembra abbia seguito il club delle freccette. Forse è andata in camera oppure si è isolata da qualche parte. Esco dal salone, Amanda è talmente presa con il suo cellulare che nemmeno se ne accorge. Percorro la villa in un rapido giro delle sale principali. Poi, passando di fronte alla reception e salutando Ruben con un cenno. Provo a calmarmi, solo per non dargli troppo l'impressione dell'anima in pena. Alla fine, decido di dare un'occhiata fuori e faccio quasi un giro completo intorno al giardino.

Così finalmente la trovo. Seduta su una sedia a dondolo nella veranda sul retro con lo sguardo che sembra perso nel vuoto, oltre l'orizzonte.

Sospiro, mi passo una mano tra i capelli, non so cosa fare. Anzi, sì. Lo so, fin troppo bene. Abbiamo aspettato fin troppo. Ora o mai più!

Muovo qualche passo verso di lei, poi mi fermo. Sono ancora in tempo a fare marcia indietro e ritirarmi. Mi guardo intorno, non c'è proprio nessuno in questo punto della villa in questo momento. E anche se fosse... saremmo solo due persone che interagiscono scambiando qualche parola. Però... forse non è il caso, insomma! Forse si è rintanata qui per stare sola. Così abbasso lo sguardo, mi preparo a battere in ritirata.

Troppo tardi, invece! Daphne solleva il viso e lo volta verso di me, come se avesse percepito la mia presenza. Non parla, mi guarda soltanto.

Ricambio lo sguardo, per un periodo di tempo che mi sembra infinito.

«Posso?» Mi decido a fare cenno alla sedia a dondolo accanto alla sua.

«Certo.» Annuisce, anche se con scarsa convinzione e un sorriso di cortesia che quasi non riesco a riconoscere come suo.

«Grazie.» Mi siedo e sospiro. Non so come proseguire, eppure ne avrei tante di cose da dire, forse fin troppe. Ma non so bene da che parte iniziare e nemmeno se sia il caso. Così procedo un po' come mi capita. «Come stai? Scusami se… Insomma, io non sapevo cosa fare e nemmeno se noi dovessimo dire qualcosa…»

Daphne non replica, si limita a stringersi nelle spalle. Solo in questo momento noto la sua aria sfinita. L'aria di una persona che si tiene tutto dentro, da troppo tempo. Ma allo stesso tempo è come se quel tutto, all'improvviso, le scivolasse addosso. Comprese le mie parole, le mie stupide scuse.

«Non ti preoccupare.» Non sembra nemmeno crederci, lo dice solo perché si sente costretta a rispondere. Peggio ancora… non sembra nemmeno che le importi. «Immagino sia giusto così.»

«Io, invece, non immagino proprio nulla.» Non so cosa sto dicendo e perché ne sto parlando proprio con lei. Ma, inaspettatamente, mi guadagno la sua completa attenzione. Si volta completamente verso di me, smettendo di scrutare l'orizzonte come se ne andasse della sua stessa vita.

I suoi occhi nocciola, così lucidi e intensi, sono su di me.

«Perché no?» Credevo di ottenere molto di più da lei. Invece si limita a rivolgermi una domanda a cui non so rispondere. O forse, semplicemente, non posso.

«Io… scusami. La verità è che mi sento…»

Perché continuo a scusarmi? Cosa cazzo sto cercando di dire? Che sono confuso? Che non sono sicuro della mia scelta? Che, all'improvviso, vorrei tornare indietro? O solo provare a tornare indietro per tentare di scoprire come sarebbe stato?

«Sì, è una situazione un po' strana, mi rendo conto.» Per fortuna mi viene in aiuto. Anche se non si avvicina nemmeno minimamente a ciò che avrei voluto dire. «Davvero, non mi sarei mai immaginata di trovarti anche qui.»

«A volte, il destino gioca strani scherzi.» Rispondo con una frase fatta. Una frase idiota. O forse sono idiota io mentre pronuncio queste parole.

Non le chiedo come sta con Alan, anche se vorrei. Dove e come lo ha incontrato, perché lo ha scelto. Non le parlo della mia storia con Amanda. Perché dovrei, del resto? Le persone con cui stiamo ora sono così diverse da noi! E anche da come stavamo noi due insieme.

«Ho notato.» Sospira e distoglie del tutto lo sguardo da me.

La nostra conversazione non sembra voler procedere, spingersi oltre. Ci ritroviamo a un punto morto, come se nessuno di noi due osasse sbilanciarsi.

«I tuoi genitori… stanno bene?» Ecco, informiamoci della famiglia. Come due estranei che si incontrano per caso e si scambiano gli auguri di Natale. Anzi, no, Natale è già passato! Di felice anno nuovo, tante buone cose e via dicendo. Insomma, Deanna ed Eric, i genitori di Daphne, mi hanno sempre trattato con affetto, ho passato bei momenti insieme a loro, però… non è proprio questo che vorrei chiederle, ora! Considerando il fatto che abbiamo il tempo contato.

«Bene, grazie.» Daphne interrompe rapida il mio stupido flusso di pensieri. «I tuoi… anche, suppongo.»

«Sì, giusta supposizione. Insomma, tra alti e bassi.» Okay, esaurito anche il discorso genitori. Passiamo al resto della famiglia?

«Ah, perfetto. Salutameli se…» Daphne sospira, poi alza gli occhi al cielo. «Insomma, se ne hai voglia. Ma dovresti dire che ci siamo rivisti, quindi credo che… sarebbe imbarazzante. Peccato, mi sono mancati, Ava e Clark.»

«Non ho alcun problema a raccontare ai miei che ci siamo rivisti. Visto che *loro* ti sono mancati.» Incrocio le braccia al petto e punto lo sguardo su di lei, deciso. Lo sta facendo apposta, l'ho capito. Ovviamente i miei genitori le sono mancati. Non io. «Perché, tu ne avresti?»

«E perché mai? Posso raccontarlo ai miei genitori, a mia sorella che ora frequenta il college a Edimburgo, agli zii, ai cugini… anche al cane e al gatto, giusto per completezza!»

Ma… mi sta prendendo in giro? Sì, direi proprio. Ha quella sua tipica espressione di sfida che con me le riesce sempre a meraviglia. Perché con Alan, invece, mantiene costantemente quell'atteggiamento da povera martire sacrificata al suo triste destino.

«Daphne…» Pronuncio il suo nome senza alcuna vera intenzione, solo per il gusto di farlo. Per lo meno ottengo che lei torni a guardarmi, questa volta con un'aria interrogativa negli occhi. Ora, che mi piaccia o meno, sono costretto a proseguire. «Quello che voglio dire… se c'è qualcosa che io… insomma, se hai bisogno, io sono qui.»

Sto soltanto peggiorando le cose. La sua espressione ora diventa ancora più perplessa. Perplessa tendente all'aguerrita.

«Grazie, William.» Ecco, ho solo ottenuto di farla irrigidire ancora di più nei miei confronti. «Ma va tutto bene.»

Certo, tutto bene. Come no! Mi sta trattando come un estraneo. Come se non la conoscessi.

«Okay, allora…» Faccio cenno di alzarmi, di andarmene. «Scusami se ti ho disturbata.»

«Non mi hai disturbata, William!» All'improvviso alza la voce e mostra, forse per la prima volta da quando ci siamo ritrovati, il suo vero stato d'animo. Non mi sta prendendo in giro, questa volta. È nervosa. Nervosa tendente all'incazzata, per la precisione. «Ma insomma, ti rendi conto che…»

Si blocca, di nuovo.

«Che siamo in una situazione assurda e ridicola? Sì, me ne rendo conto. E ce ne stiamo qui, in trappola, facendo finta che tutto vada bene e che ci stiamo divertendo un mondo. Anche di questo, mi rendo conto.» Mi alzo, sospiro, mi passo le mani tra i capelli. Punto gli occhi su di lei, come se volessi sollevarla di peso e trascinarla via. «Maledizione, Daffy...»

«Già, maledizione, davvero.» Anche lei si alza e incrocia le braccia al petto. «Conviene che uno di noi due si muova, da qui. Visto che ormai abbiamo deciso di percorrere questa strada, forse è meglio non rendere tutto più imbarazzante del dovuto.»

«Ma... insomma, non è colpa mia!» Cosa sta succedendo? Stiamo discutendo? Forse no, non ancora. Ma siamo sulla buona strada.

Perché Daphne mi scatena ancora questo fremito interiore? Non mi capita mai con Amanda.

«Ah, sarà colpa mia allora!» Mi sfida ancora, con un'occhiata risentita. Una delle sue tipiche occhiate risentite. «Anche al negozio hai fatto finta di non conoscermi, quindi...»

«Io? Ma no, non è vero!»

Sollevo la mano come per afferrarla. La tentazione è forte, ma no, non posso farlo. Non più.

«Comunque sia, ormai è fatta! Io rientro, sento freddo.» Daphne si avvia verso l'interno, concludendo quella sorta di conversazione che abbiamo iniziato. E che non ci sta portando a nulla, solo a far riemergere certi contrasti passati. «Tu, invece, resterai qui ancora per qualche minuto. O per tutto il tempo che ti pare. Insomma, non seguirmi subito.»

«Agli ordini, comandante.» Mi metto quasi sull'attenti, poi mi siedo. «Morirò congelato piuttosto, ma giuro che non ti seguirò.»

«Che cretino...» bofonchia tra sé ma in modo che io la senta.

Sorrido tra me, chiudo gli occhi e aspetto che lei si sia allontanata, prima di riaprirli. Solo per non risponderle, per non cercare di trattenerla ancora.

Daphne Hamilton. È sempre la solita, nonostante il tempo trascorso, l'essere cresciuta, le responsabilità... E anche io, con lei, sono di nuovo io.

E per quanto mi renda conto che sia sciocco ripensarci, non posso farne a meno. Vorrei quasi analizzare tutti i motivi che ci hanno uniti, così come tutti quelli che ci hanno separati. Ma sarebbe stupido e soprattutto sarebbe inutile.

Non si torna più indietro. Dobbiamo vivere il presente e tendere verso il futuro. Il passato ormai è andato. Io e Daphne non eravamo giusti l'uno per l'altra, nonostante l'amore, nonostante tutta la passione che abbiamo condiviso.

Meglio conservare i bei ricordi. Perché ne abbiamo avuti molti. I bei momenti che abbiamo vissuto insieme.

Mi guardo intorno. Non sono certo di quanto tempo sia trascorso, abbastanza credo. In ogni caso, decido di smettere di ubbidirle e mi alzo, pronto a rientrare.

Queste poche parole che ci siamo scambiati non hanno portato proprio a nulla. Non so nemmeno io se avrebbero dovuto. Cosa pretendevo da lei?

Pochi giorni. Soltanto pochi giorni e tutto tornerà alla normalità. Io e Daphne torneremo a percorrere ognuno la propria strada, senza più interferenze. O almeno credo. Sempre che il destino non decida di mettersi in mezzo, di nuovo. Sempre che uno di noi due, magari proprio io, non scelga di assecondarlo, questo destino. Per scoprire dove ci porta.

CAPITOLO 15

Daphne

Sono scappata perché non ho avuto altra scelta.

Lui non mi ha lasciato altra scelta. William e il suo solito vizio di girare sempre intorno alle questioni senza mai arrivare al punto. Fino a rendersi esasperante.

Con lui è sempre stato così. Come percorrere un passo avanti e due indietro.

Però, devo ammettere questa volta mi ha fatto quasi tenerezza. L'ho capito che si sentiva a disagio. Lo ero anche io.

Ora sono obbligata a rientrare nei ranghi, tornando a seguire il programma di Alan che prevede la degustazione di vini che aveva promesso, guidata da un sommelier convocato apposta per l'occasione. Fa ben poca differenza, per me, visto che non li distinguo e li suddivido in due semplici ma irrevocabili categorie: "mi piace" e "non mi piace". Oltretutto, sono quasi astemia, quindi prendo soltanto un piccolo assaggio di vino bianco, senza esagerare.

Alan segue scrupolosamente ogni dettaglio e guida gli ospiti con i suoi consigli, come un regista che dirige gli attori su un palcoscenico. Il suo ideale di perfezione si scontra palesemente contro la spontaneità in cui, ora più che mai, mi sentirei propensa a sprofondare nel corso di questa piccola vacanza.

Mi trattengo un po' in disparte e osservo gli altri. Noto le espressioni un po' seccate di alcuni, George alza gli occhi al cielo con aria spazientita, Charlotte sembra annoiata, Jason sospira controllando di continuo lo schermo del suo tablet. Laura e Clay lo assecondano, ma inizio a temere che stiano fingendo e che meditino di defilarsi appena possibile.

Il mio sguardo, inevitabilmente, si sposta su William che sta osservando Amanda disquisire con Raphael Montgomery, il sommelier invitato per l'evento, a proposito di come un post ben strutturato possa far crescere il numero dei clienti, mentre il poveretto cerca invano di mantenere l'attenzione sul vino, un Pinot di cui non ho afferrato il nome completo, che sta descrivendo.

William, intanto, annuisce svogliatamente e si morde le labbra mentre si passa una mano tra i capelli scuri. Mi sembra nervoso, a tal punto che vorrebbe essere altrove in questo momento. Non lo biasimo, io mi trovo più o meno nella stessa situazione.

In un clima di distrazione generale e con evidente frustrazione da parte di Alan, la degustazione dei vini ha finalmente termine. Però cerca comunque di trattenersi, mostrando un sorriso compiaciuto.

«Spero che l'iniziativa sia stata di vostro gradimento.»

Tutti annuiscono diligentemente, me compresa. Soltanto Amanda ha il "coraggio" di esprimersi a voce. «Per me è stata fantastica, Alan. Ho scattato diverse foto! Grazie Raphael, ti farò pubblicità e sono certa che ti ritroverai tanti nuovi clienti tra i miei follower.»

Così dicendo lancia un'occhiata un po' perfida a William. Insomma, sembra quasi che stia elogiando il nostro esperto sommelier solo per fare dispetto a lui. Ma William rimane indifferente alla frecciata infantile della sua ragazza, come se non gli importasse proprio nulla dei nuovi clienti che lei procurerà a Raphael.

Vorrei dire qualcosa, invece preferisco tacere. Almeno tacendo forse riuscirò a controllare meglio l'espressione del mio viso. Non sono del tutto certa del risultato perché mi ritrovo addosso lo sguardo un po' severo di Alan. E so bene cosa significa, quello sguardo. Gradirebbe più supporto, da parte mia. E forse, in fin dei conti, ha ragione. Non era la stessa accusa che mi rivolgeva anche William, tempo fa?

Forse il problema, a questo punto, sono proprio io. Magari dovrei cambiare, diventare come Amanda. Alla fine, mi rendo conto che, se soltanto fossi capace di fingere un po' di più, anche senza necessariamente trasformarmi nella nuova ragazza del mio ex, forse sarei quasi perfetta.

Il resto della giornata scorre più o meno tranquillo, con un pranzo leggero durante il quale io cerco di conversare prevalentemente con Edith, evitando in tutti i modi di incrociare lo sguardo con William. Per riuscirci cerco addirittura di sedermi il più lontano possibile da lui. Ho bisogno di una pausa, almeno per un po', mi sento mancare l'aria. Non voglio più paragonare la mia storia vivace e appassionata con lui alla relazione più stabile e matura che ho con Alan. E ancora meno confrontare me stessa con Amanda. Non avrebbe senso.

Verso il tardo pomeriggio, mentre il sole invernale inizia a calare dietro le colline innevate, i corridoi di Fairfield Manor si riempiono di ombre lunghe, illuminate dalle fiammelle tremolanti delle lampade a muro. La villa, maestosa e silenziosa, ora sembra davvero l'ambientazione ideale di un romanzo gotico, celando segreti e desideri passati tra i suoi antichi muri in pietra.

Proseguo con il mio intento anche la sera, come se la mia missione ormai fosse diventata quella di mantenere un sano distacco da William. Tanto che, oltre a Edith, cerco di legare anche con altre persone, evitando quasi del tutto il gruppo che di norma interagisce con William e Amanda.

Mi ritrovo, infine, nel salotto della villa adibito a biblioteca, insieme a Edith che mi raggiunge offrendomi una sua speciale tisana rilassante composta da valeriana, camomilla e lavanda.

«Non ne posso fare a meno, quando sono agitata.» Mi rivolge un sorriso timido, sedendosi accanto a me sul divanetto della biblioteca. «Cosa che accade abbastanza spesso, a dire il vero.»

«Vuoi dire che sei agitata? Qui, adesso?» Prendo la tazza e sorseggio la tisana. «Mmh... molto buona, grazie.»

«No, cioè... non qui e adesso, con te. Ma con gli altri... a parte Clay e Laura, ovvio.» Sospira, stringendosi per un istante nelle spalle. «Però la verità è che io sono sempre un po' tesa quando mi ritrovo in mezzo a estranei. Anche con gente che conosco, però... Insomma, quando ci sono persone così esuberanti e sicure che non si fanno alcun problema a dire ciò che pensano e quando lo pensano... Io con loro mi sento...» Sospira ancora, come alla ricerca della parola adatta.

«Schiacciata? Sopraffatta?» suggerisco, seguendo il filo del suo discorso.

«Sì, esattamente. E anche un po' umiliata, come se io non valessi nulla in confronto a loro.»

«Ti capisco, Edith.» Annuisco, convinta. «Tu non sai quanto. Soprattutto nel corso di questa giornata, io...» Mi trattengo, scuoto leggermente la testa. Forse non dovrei manifestare i miei dubbi, non conosco Edith così bene. Ma la verità e che mi disturba proprio esprimerli ad alta voce. Finché li trattengo dentro di me posso fare finta che non esistano, che non siano reali.

«Sai, Daphne, io non so se posso permettermi, però...» Edith mi rivolge un'occhiata comprensiva. E io inizio a pensare di essere più trasparente di quanto avrei creduto.

«Certo, dimmi pure» la incoraggio.

«Ecco, io sono convinta che a volte si abbia bisogno di un po' di libertà per capire cosa si vuole davvero. Forse, in questo modo, il senso di costrizione sparirebbe e così...»

Annuisco convinta. Credo di aver capito dove vuole arrivare. Al rapporto tra me e Alan. Probabilmente Edith, con il suo modo di essere così riservato e schivo, ha avuto la possibilità di osservarci bene. Dubito che abbia intuito il ruolo giocato da William, visto che non è di certo al corrente della nostra storia passata.

«Sì, hai ragione. È proprio questo il punto. Io devo capire cosa voglio davvero.»

Sono costretta ad ammettere la realtà dei fatti. Mi sono sentita così sicura e determinata nella mia volontà di intraprendere una relazione stabile, dopo la fine della mia storia con William, che ho investito tutto in questo scopo, forse dimenticando me stessa. E quando, anni dopo, ho incontrato Alan mi è sembrato il tipo perfetto. Forse soltanto perché essendo completamente diverso da William mi sono autoconvinta del fatto che con lui non avrei mai sofferto allo stesso modo.

Continuo a sorseggiare la tisana di Edith, sperando che mi aiuti davvero. La mia nuova amica annuisce e mi rivolge un sorriso caloroso. Sembra che con me si senta più sicura di se stessa, riuscendo a vincere la riservatezza che invece continua a manifestare in mezzo agli altri.

«Bene, Daphne. E una volta che hai capito cosa vuoi davvero... devi solo cercare di ottenerlo.»

CAPITOLO 16

William

Dopo l'incontro-scontro con Daphne non sono più stato me stesso. Come sono negli ultimi tempi, insomma. Non ero più abituato a quel tipo di conversazione. Anzi, la verità è che non ero più abituato a lei, nello specifico.

Ora tutte le attività proposte dal suo super attivo fidanzato mi sembrano di una noia mortale. Non riesco nemmeno a capire se lo siano davvero o solo perché è lui a suggerirle. In questo caso io sarei uno stronzo prevenuto nei suoi confronti. Anche se "imporle" sarebbe il termine più appropriato per definire il modo in cui quasi ci costringe ad accettarle.

Cerco di ricompormi, di trattenermi. Ma il vero problema è che sono molto vicino a perdere la pazienza, anche con Amanda. Sono quasi contento che abbia trovato Charlotte con cui interagire sugli argomenti che appassionano entrambe, ma non posso sempre nascondermi. Però cerco di sfuggire, di evitare l'ennesima diretta Instagram in cui si sta ostinando a coinvolgermi.

«Vieni qui, amore, parliamo dei tuoi piatti preferiti e del menù di Capodanno! Tu cosa consiglieresti ai nostri follower?»

Mi schiarisco la gola, cercando di inventarmi qualcosa per prendere tempo.

«Magari facciamo un'altra volta, tesoro. Sto ancora studiando per bene il programma per i prossimi giorni e...»

«Ma il menù qui a Fairfield Manor sarà già deciso dai cuochi del catering, no?» Amanda sbuffa, mi rivolge uno sguardo deluso e anche un po' stizzito. «Io sto parlando di te, Will! Tu cosa consiglieresti?»

«Come ti dicevo, cara, ci sto ancora pensando.»

Non ci sto proprio pensando, invece. Non ho voglia di essere ripreso. Anzi, per essere ancora più specifico, non ho voglia di essere ripreso dalla sua diretta e parlare di cibo e di piatti mentre vengo interrotto costantemente dalle sue sciocchezze e dai suoi gridolini entusiasti!

Mi sento male. Anzi, non male. Mi sento in colpa. So che Amanda è molto brava in ciò che fa e spesso finge soltanto di essere un po' sciocca e superficiale. È così che funziona, è così che piace alla gente che la segue. Quindi non è affatto stupida, è solo furba. Regala alle persone ciò che chiedono. Però... però è stancante, ecco.

Cerco di alleggerire la tensione, mi avvicino e le accarezzo il viso con tenerezza. Amanda mantiene l'espressione imbronciata per qualche istante, poi inizia a rilassarsi e mi circonda il collo con le braccia.

«Io... lo faccio per te, Will. Per aiutarti. Lo capisci, vero?»

«Sì, certo. Lo capisco.» Annuisco e le sfioro le labbra con un bacio. «Lo capisco e ti ringrazio.»

Io capisco, certo. Ma inizio a chiedermi se Amanda capisca davvero me, a questo punto. Lei è meravigliosa, spettacolare anzi, nel recitare la parte che le hanno imposto. O forse che lei ha imposto a se stessa, bionda, bella, vivace, sempre entusiasta. Ma io? Io non sono così, io non so recitare una parte. O forse, semplicemente, non voglio trasformarmi nel cuoco vip di un programma televisivo. Non mi interessa diventare una celebrità al di fuori del mio settore. Io vorrei solo essere apprezzato per ciò che sono, per ciò che so fare. Vorrei far crescere il mio ristorante, magari crearne altri sullo stesso modello del "Bloom Thyme", oppure avviare nuovi progetti interessanti.

Forse dovrei trovare il tempo e il modo di parlare davvero con lei, esprimere ciò che penso, ciò che sento. Sono certo che Amanda mi capirebbe, perché io so che è una ragazza sveglia e intelligente.

Mi capirebbe, sì. Ma intanto, mentre lascio scorrere questo pensiero nella mente, una piccola voce, dentro di me, richiama la mia attenzione diventando sempre più insistente, incalzante.

Amanda mi capirebbe. Ma sceglierebbe ancora di stare con me?

CAPITOLO 17

Daphne

La conversazione con Edith mi ha messa di fronte a una realtà che dovrò affrontare, prima o poi. Ne ero a conoscenza anche prima di accettare l'idea di Alan di trascorrere il Capodanno a Fairfield Manon. Anche prima di rivedere William.

Mi sento confusa, però. Più confusa che mai, a dire il vero. Tanto che ho di nuovo trovato qualche difficoltà a prendere sonno, nonostante la tisana rilassante.

La villa, con la sua atmosfera incantata e i suoi corridoi, somiglia sempre di più a un gigantesco labirinto in cui, ad ogni svolta, affiora una domanda diversa di cui io non conosco ancora la risposta. Come se la verità fosse lì, sul punto di emergere da un momento all'altro, rimbalzando incessantemente sui muri della casa. Intanto però il Capodanno si avvicina inesorabile, quasi come una sorta di resa dei conti finale fra sentimenti passati e presenti, segreti inconfessati e desideri inespressi.

La mattina successiva al nostro secondo giorno, un limpido sole invernale illumina la vallata intorno a Fairfield Manor. Il cielo, a differenza del giorno precedente, appare incredibilmente terso e il manto di neve sulle colline circostanti risplende di riflessi argentati. L'aria è frizzante ma abbastanza tiepida, tanto che, dopo l'abbondante colazione che ci viene servita, emerge la proposta di andare a pattinare sul ghiaccio nella pista temporanea allestita nel villaggio di Fairfield.

È George a lanciare l'idea addentando il suo secondo croissant, con un entusiasmo quasi infantile che contrasta con il suo fisico possente da rugbista.

«Ruben mi ha appena raccontato che, a circa quindici minuti da qui, c'è una pista di pattinaggio favolosa! C'è anche un bel

88

mercatino, bancarelle con specialità varie e cioccolata calda. In più, uno spazio apposito in cui si può fare un giro in slitta. Io ci andrei, giusto per esplorare un po' i dintorni. Cosa ne dite?»

A me l'idea non dispiace affatto, soprattutto quella di girare tra le bancarelle del mercatino. Alan, invece, con la sua recente mania di tenere sotto controllo ogni dettaglio, sembra quasi contrariato. Non aveva previsto questa deviazione dal suo programma ma, di fronte all'entusiasmo di buona parte del gruppo, è costretto a cedere.

«Non lo avevamo messo in conto, però non è male come idea. Possiamo scendere al villaggio con le auto e divertirci un po' tra la pista di pattinaggio e il mercatino.»

Non lo ammetto ma, per quanto mi riguarda, tralascerei del tutto la pista di pattinaggio, visto che non ho mai imparato a pattinare sul ghiaccio e rischio soltanto di fare una figuraccia. Però sento davvero la necessità di uscire dai confini di Fairfield Manor e spezzare la monotonia che circonda la villa in questo momento. Lo sguardo incoraggiante di Edith mi convince ancora di più a non tirarmi indietro.

Ci prepariamo alla partenza, dividendoci tra le macchine disponibili in modo da non spostarne troppe. Sull'auto di Alan, oltre a noi due, salgono anche Edith e Charlotte che, durante il breve tragitto, già si prepara per le nuove storie da condividere su Instagram, decisa a immortalare ogni singolo momento. Edith, per educazione, le risponde. Alan ha l'espressione corrucciata e io mi perdo nei miei pensieri anche se provo, con tutte le mie forze, a sradicare William Carter dalla mia mente, una volta per tutte.

Cerco comunque di rilassarmi osservando il paesaggio, filari di alberi con i rami leggermente incrostati dai residui di neve, fattorie e cottage con i tetti spioventi e, in lontananza, le cime delle colline innevate.

Arrivati a destinazione, parcheggiamo nella zona più vicina alla piazza principale, dove alcune illuminazioni natalizie sono ancora accese e il ghiaccio, illuminato dalle luci bianche, si riflette sugli addobbi appesi intorno. L'aria profuma di zucchero filato, cioccolata calda, dolci tipici e la musica diffusa dagli altoparlanti completa l'incanto.

La pista di pattinaggio è stata ricavata in un grande spiazzo circondato da casette di legno colorate, utilizzate come bancarelle e punti di ristoro. Un albero di Natale imponente sorge vicino all'entrata della pista dove decine di persone, tra adulti e bambini, scivolano ridendo sul ghiaccio.

Considerato l'entusiasmo generale, mi rendo conto di non potermi tirare indietro, purtroppo. Così, insieme agli altri, mi avvicino alla biglietteria per noleggiare i pattini e mi stringo la sciarpa intorno alla gola cercando di mostrare una sicurezza che in realtà non possiedo. Edith, accanto a me, decide che non è il caso di sfidare la sorte.

«Le poche volte che ho tentato è stato un disastro» mi confessa candidamente. «Mi dispiace abbandonarti, ma preferisco non ripetere l'esperienza. Credo che il pattinaggio sul ghiaccio non faccia proprio per me. Farò un giretto al mercatino, magari troverò qualche bancarella con libri interessanti o prime edizioni.»

«Ti seguirei volentieri, però...» sbuffo e lancio un'occhiata verso Alan.

«Sì, tranquilla, ti capisco. Cerca di divertirti, per quanto possibile.»

Annuisco poco convinta mentre la tentazione di seguire Edith verso il mercatino diventa quasi irresistibile. Ma Alan mi sta osservando con aria un po' accigliata, così, appena recuperati i pattini, mi avvicino a lui e agli altri, che si stanno già avviando verso la pista con una sicurezza per me invidiabile. Ho perso di vista William e Amanda ma non importa, evito proprio di cercarli tra la gente.

Indosso i pattini, simulando una confidenza che non mi appartiene. Ma quando appoggio i piedi sul ghiaccio all'interno della pista avverto subito l'instabilità della mia situazione, ritrovandomi sospesa, in bilico. Cerco di mantenere il controllo, però mi risulta impossibile quando le gambe iniziano a tremarmi in modo incontrollato, mentre gli occhi mi si spalancano per il terrore di cadere a terra di fronte a tutti, come un sacco di patate. Vorrei evitarlo, ma mi aggrappo al bordo della pista come se fosse la mia unica possibilità di salvezza e così avanzo, poco alla volta. Non mi staccherei da questo punto per nessuna ragione al mondo.

Alan muove i primi passi sulla pista con una sicurezza eccellente. Eppure, ha dichiarato di aver pattinato solo poche volte, da ragazzino.

«Coraggio, Daphne, non è così difficile. Non guardare in basso, mantieni l'equilibrio. E staccati da quel bordo, insomma!»

Le sue indicazioni, invece di aiutarmi, rendono il tutto ancora più complicato, amplificando la mia insicurezza. Mi mordo le labbra, inizio a provare una vergogna che non sono in grado di reprimere e, pur sapendo che non dovrei, guardo in basso per nascondere il mio imbarazzo.

È un mio problema e dovrei essere in grado di gestirlo e risolverlo. Ma la paura mi impedisce di muovermi, di affrontarlo. Mi rendo conto di essere stata una sciocca, avrei fatto davvero meglio a seguire Edith tra le bancarelle del mercatino. Soprattutto quando scorgo William pattinare con incredibile scioltezza ed eleganza a poca distanza. Ricordo che, a differenza mia, se la cavava piuttosto bene ma non mi era mai sembrato tanto bravo e sicuro. Forse perché c'ero io ad aggrapparmi a lui per riuscire a stare in piedi. Anche Amanda, ovviamente, sembra nata sui pattini. A tal punto da riuscire addirittura a fotografarsi e riprendersi mentre si lancia in qualche coreografia. Poi si arrende e chiede aiuto a William.

«Allora, Daphne!» Il rimprovero di Alan mi obbliga a distogliere lo sguardo dalla magnifica coppia. «Che cosa hai intenzione di fare? Vuoi restare aggrappata lì tutto il tempo?»

«No, certo che no!» sospiro e alzo gli occhi al cielo.

«Io dovrei raggiungere gli altri, giusto per capire cosa ne pensano e se si stanno godendo l'esperienza qui a Fairfield.» Il suo tono spazientito mi innervosisce, ma tento di trattenere l'istinto, quasi irrefrenabile, di mandarlo al diavolo.

«Certo, vai pure!» A questo punto, preferisco restare qui da sola. «Io me la cavo, devo soltanto riprendere un attimo confidenza con il ghiaccio. Dammi un paio di minuti e ti raggiungo.»

Sì, come no! La confidenza con il ghiaccio se la prenderà il mio fondoschiena quando mi staccherò da qui e finirò con il culo per terra!

Alan non oppone resistenza, si stringe nelle spalle e si allontana noncurante di me e della situazione in cui mi trovo. Ho la netta sensazione che ce l'abbia con me, per un motivo o per l'altro. Ma io non ho proprio voglia di stare a pensarci in questo momento.

L'osservo allontanarsi, per dirigersi verso un altro lato della pista e poi verso il centro, dove raggiunge George, Jason, Clay, Laura e altri suoi amici. Sospiro e gli volto completamente le spalle. Dannazione! Perché devo essere così inconcludente, goffa, maldestra e con un equilibrio del tutto inesistente?

Se solo riuscissi a pattinare un pochino, solo un pochino, giusto per salvare un minimo le apparenze!

Prendo coraggio e d'istinto stacco entrambe le mani dal sostegno. Perfetto, riesco a rimanere in piedi! Ma nulla di strano, questa è la parte facile. Ora dovrei muovermi da qui, cominciare a pattinare un passo dopo l'altro. Magari focalizzarmi su un punto ben preciso da raggiungere, per iniziare.

Lancio una rapida occhiata intorno. Perché per gli altri sembra così facile? Perché riescono a scivolare sul ghiaccio in modo così sciolto e sicuro senza cadere?

Forse è la mia paura a tenermi intrappolata, come se mi sentissi soggiogata e condannata a cadere a terra. Devo cercare di scacciare questo timore di dosso, lasciarmi andare, non pensarci affatto. Non può essere davvero così difficile.

Mi muovo di qualche passo, staccandomi del tutto dal bordo di sicurezza. Ora, anche se allungassi le mani, non riuscirei più ad afferrarlo. Dovrei farmi coraggio, invece mi sento sola e sperduta in mezzo al nulla. Mi impegno per respirare regolarmente e assumere il controllo di me stessa, del mio corpo, ma sono presa dal panico e le mie gambe perdono ogni coordinazione. Nel giro di pochi secondi mi ritrovo a sbandare pericolosamente verso il centro della pista, senza la possibilità di aggrapparmi al sostegno o alla ringhiera.

Cerco di evitarlo, ma lancio un grido prima di sbilanciarmi del tutto in avanti, già preparata ad affrontare la caduta e lo schianto sul ghiaccio.

All'improvviso, in maniera del tutto inaspettata, una mano mi afferra per il braccio e mi trattiene, tirandomi verso di sé con uno scatto rapido. Per un istante mi sento in sospeso, come se tutta la scena procedesse per fotogrammi, al rallentatore.

Sono quasi convinta che si tratti di Alan, come sarebbe più logico, anche se la sensazione che provo è del tutto diversa. La presa, il corpo contro cui vado a finire e poi... il modo in cui mi cinge la vita per non lasciarmi cadere. Ricordo perfettamente la sensazione, visto che l'ho già vissuta in passato. So fin troppo bene che non si tratta di Alan né di nessun altro. Nessun altro, a parte William Carter.

Mi sforzo, per l'ennesima volta, di mantenere il controllo anche se mi manca il fiato e il cuore prende a battermi all'impazzata. Mi trattengo per quanto possibile, ma poi non posso fare a meno di sollevare lo sguardo su di lui e incontrare il suo.

William mi fissa serio, con i suoi occhi castani leggermente socchiusi, come se volesse accertarsi che io stia bene e non sia ferita.

«Tutto bene?» mi chiede, anche lui sembra avere il fiato corto.

Per un istante, il vociare delle persone intorno a noi sembra lontano, come ovattato. Restiamo così, a pochi centimetri di distanza, in una posizione forse compromettente ma senza avere la forza di staccarci. Nonostante gli indumenti pesanti, percepisco il calore della sua mano sul mio fianco, quasi come se, proprio da quel punto, stesse divampando dentro di me, percorrendo tutto il mio corpo e risvegliando un'inesauribile scarica di ricordi. Ricordi di anni, tanti anni trascorsi insieme e che, in questo momento, tornano vivi in me, più che mai.

«Sì, credo di sì.» Sento il viso in fiamme e il cuore ancora in totale subbuglio. Nonostante ciò, trovo la forza di staccarmi un po' da lui anche se, per farlo, sono costretta ad appoggiare entrambe le mani sul suo petto.

«Forse ti conviene tenerti ancora a me, almeno fino al bordo della pista, oppure potresti rischiare di cadere davvero questa volta.» William abbozza un sorriso, inclinando il viso. «Ti ricordi come facevi, anni fa?»

Per un istante credo che il suo scopo sia quello di prendermi in giro, invece il suo tono è gentile, premuroso, senza alcuna traccia di ironia nella voce. E anche lui non ha dimenticato.

«Sì, certo. Insomma... ti ringrazio, ma io...»

«Daphne... ti fidi di me?»

«William... non siamo sul Titanic.»

«No, per fortuna. Farei una brutta fine.» Mi rivolge una smorfia divertita e mi strizza l'occhio. «Allora, cosa vuoi fare? Resti qui o preferisci che ti porti in salvo?»

«E va bene, portami in...»

Cerco di riprendere il controllo, ma non faccio nemmeno in tempo a terminare la frase perché l'improvviso arrivo di Alan ci allontana del tutto, fisicamente e mentalmente. Riesco a scorgere una strana preoccupazione nel suo sguardo, come se dovesse intervenire a tutti i costi per proteggermi. E pensare che, solo pochi minuti prima, si era del tutto disinteressato al fatto che io potessi scivolare e cadere.

«Tesoro, stai bene?» Mi accarezza la schiena con la mano, poi mi attira a sé staccandomi del tutto da William. «Ti sei fatta male?»

«Sto bene, Alan.» Mi aggrappo ad Alan, anche se mi irrigidisco entrando in diretto contatto con lui. Sono nervosa ma cerco comunque di mantenere la calma. «Stavo per cadere, William mi ha aiutata.»

Non aggiungo altro. Anche perché non c'è proprio altro da aggiungere, a parte la mia irritazione nei suoi confronti.

Mentre Alan annuisce convinto, rivolgo un'occhiata silenziosa a William. Vorrei dire qualcosa, spiegare come mi sento, ma la verità è che non c'è proprio nulla da dire.

William mi ha solo aiutata a non cadere. Come faceva anche prima. Ma nulla di personale, questa volta. Lo avrebbe fatto per chiunque e sono certa che chiunque altro lo avrebbe fatto per me. Lui si è solo trovato nel posto giusto al momento giusto.

Ma è tutto il resto ad essere sbagliato. Io sono sbagliata. Io in questo preciso istante, mentre riscopro, per l'ennesima volta in un margine di tempo così breve, i miei sentimenti non ancora chiariti, non ancora conclusi, per lui.

CAPITOLO 18

William

Per un istante l'ho stretta tra le braccia. Per un istante ho avuto la netta impressione di procedere a ritroso nel tempo.

Un istante troppo breve, comunque. Prima che arrivasse Alan a reclamare la sua "proprietà". Così tutto, tra me e Daphne, si risolve in poche parole di rassicurazione e ringraziamento.

Nel frattempo, sopraggiunge anche Amanda, scivolando con grazia verso di me. Appena mi raggiunge, mi cinge il collo con le braccia e punta gli occhi nei miei, senza nemmeno considerare Daphne e Alan.

«Tutto a posto? È successo qualcosa?» Solo ora degna gli altri due della sua attenzione, anche se solo per un breve istante.

Scuoto la testa, determinato a interrompere l'assurdità di una situazione che si sta trascinando troppo a lungo. E in cui due di noi sono decisamente di troppo.

«Stiamo tutti bene. Ho solo evitato a Daphne una caduta.»

Amanda annuisce lieta, con un sorriso che sembra studiato apposta per la circostanza. Ma mi accorgo subito che sembra infastidita, anche se è un accenno di fastidio davvero molto vago, come se non fosse del tutto soddisfatta di non essere stata la protagonista della scena e che ci fosse invece un'altra, al suo posto.

«Oh, ma guarda... che eroe!» Ora è diventata sarcastica e io non capisco bene dove voglia arrivare. Non si tratta certo di gelosia. Perché, per quanto la conosco, non sarebbe proprio da lei. Si allontana con un cenno da Daphne e Alan, mi tira per un braccio e poi si rivolge solo a me. «Pattiniamo un po' insieme, Will? Per il momento ho finito con le foto e con le dirette.»

«Sì, certo.»

Strano comportamento, da parte sua. Però non mi dispiace affatto e lo accetto. Anzi, sono contento che abbia deciso di abbandonare la sua missione quotidiana nei confronti dei social e dedicarsi un po' a noi due.

Cerco di concentrarmi su Amanda, evitando di seguire Daphne con lo sguardo anche se la tentazione è davvero forte. Vorrei soltanto assicurarmi che stia bene. Ma, dal resto, perché non dovrebbe?

Riesco soltanto a intravedere Alan che trascina Daphne verso il bordo della pista, probabilmente per metterla al sicuro e prevenire un'altra possibile caduta. Ma l'espressione di entrambi sembra cupa, tesa. O forse è solo una mia impressione.

Comunque sia, non sono affari miei. Afferro Amanda per la vita, stringendola a me. Piego la testa, nascondendo quasi il viso tra i suoi capelli. Lei mi asseconda ma non reagisce. Torno a guardarla e mi sembra strana, quasi distratta. Insomma, distratta lo è spesso, concentrata quasi esclusivamente sulla sua missione di guadagnare molti più follower e di sfondare nel settore della moda. Però, questa volta, lo è in un modo diverso, come se si fosse persa in considerazioni tutte sue di cui non mi rende partecipe.

Cerco di non pensare, di rimuovere definitivamente il passato dalla mia mente, dai miei sensi, ma è come se, all'improvviso, si fosse impossessato di me in un misto di nostalgia e malinconia. Quando ho afferrato Daphne, stringendola a me e percependo il suo calore, il suo profumo, è stato come rivivere i nostri momenti, i primi baci rubati, tutte le prime volte insieme. Come se il tempo si fosse fermato su di noi, trascinandoci indietro.

Quando finalmente lasciamo la pista di pattinaggio, ci dirigiamo verso le bancarelle del mercatino. Amanda, mentre passeggiamo, si aggrappa al mio braccio e mi prende la mano. Non si allontana da me, tanto che io inizio a credere che sospetti qualcosa. Da ciò mi convinco a evitare qualsiasi interazione con Daphne e, possibilmente, anche con Alan.

È una situazione assurda ma continuo a ripetermi che non durerà ancora a lungo. Mi sento attratto da Daphne come una calamita. Non riesco nemmeno a comprenderne il motivo e continuo a ripetere a me stesso di volermi soltanto assicurare che stia bene. Cerco di respingere la sensazione, senza riuscirci però. Ma devo fare attenzione oppure rischierò di causare danni a entrambi.

Appena inizia a farsi tardi e le luci delle lanterne cominciano a luccicare più intensamente sotto il cielo che volge al tramonto, ci prepariamo a rientrare a Fairfield Manor. Guidando mantengo lo sguardo fisso sulla strada, cercando comunque di assecondare la parlantina inarrestabile di George, che è salito in macchina con me, Amanda e Jason.

Quando raggiungiamo la villa è ormai sera inoltrata. L'aria frizzante aleggia intorno a Fairfield Manor, avvolgendo il luogo circonstante nel consueto silenzio ovattato della campagna inglese. Per ravvivare un po' l'atmosfera di festa, il salone principale è stato allestito per una sessione di giochi da tavolo. Alcune tavole rotonde in legno sono state poste al centro, decorate con candele profumate, rifornite con ciotole di snack e drink sparsi tra i partecipanti.

Non mi sento particolarmente dell'umore per concentrarmi su uno dei giochi proposti ma non posso nemmeno tirarmi indietro mostrando apertamente il mio malumore. Così lascio scegliere il gioco ad Amanda e la seguo diligentemente, senza discutere. Quando decide di seguire il gruppo organizzato da George per il gioco a tema "obbligo o verità" penso che avrei fatto meglio a seguire i pochi ospiti appassionati di scacchi e isolarmi con loro a tempo indeterminato.

«Bene, ragazzi! Pronti a rivelare segreti imbarazzanti?» La presentazione di George non è di certo incoraggiante, almeno per me. Gli altri, invece, ridono divertiti, compresa Amanda. George rincara la dose, scuotendo energicamente la scatola colorata del gioco. «Perché vi assicuro che qui dentro sono contenute attività e domande veramente piccanti, preparate apposta per voi!»

Mi rendo conto, intanto, che l'espressione di Daphne rispecchia in parte la mia quando è costretta a seguire Alan che, stranamente, ha scelto il nostro stesso gioco. Inizio a diventare un po' scettico, in proposito. Soprattutto perché Alan non mi sembra affatto il tipo da "obbligo o verità". Però... però forse mi sto preoccupando troppo, quando dovrei semplicemente lasciarmi andare e divertirmi come tutti gli altri. Nessuno sa di noi, quindi è inutile sentirci a disagio.

Ci accomodiamo intorno a uno dei tavoli rotondi posizionati nel salone e il gioco ha inizio. Il meccanismo è abbastanza semplice. Si pesca una carta, si legge una domanda e il giocatore di turno può scegliere se rispondere in totale sincerità oppure eseguire una penitenza. Il primo giro, di "riscaldamento", comprende domande relativamente tranquille che non comportano alcun grado di imbarazzo o disagio, almeno per me.

Così, George racconta di essersi presentato in pigiama a un allenamento a causa di uno scherzo, Edith ammette di avere una paura viscerale per le lumache e trema all'idea di trovarsene una addosso, Charlotte svela di essersi follemente innamorata a quindici anni del suo professore di chimica e di avergli spedito una lettera d'amore anonima, Jason confessa di aver guidato senza patente a quattordici anni pur di vincere una sfida ed entrare in un gruppo di nerd fanatici di teoremi matematici.

Quando arriva il turno di Alan, George legge la domanda a lui destinata.

«Hai mai finto di apprezzare un regalo ricevuto da una persona a cui tieni?»

«Sì, un paio di gemelli. Da parte di mia zia.»

La risposta sintetica di Alan non è divertente, ma il gioco non impone di esserlo. Lui stesso non aggiunge aneddoti alla storia e non fa nulla per condire la risposta con qualche elemento umoristico. Sembra sempre più seccato e distratto.

«Ottimo!» Anche George non riesce a trovarci nulla di buffo. «Sono quasi tentato di metterti in punizione, amico!»

Prova ad alleggerire un po' la tensione, ma di fronte allo sguardo cupo di Alan non procede oltre.

Inevitabilmente lancio un'occhiata a Daphne. Davvero rapidissima, quasi impercettibile. C'è qualcosa che non va, mi sembra evidente. Non so se si tratta di qualcosa tra loro o se li coinvolge separatamente. Daphne, sentendosi osservata, accenna un sorriso di circostanza. Ma non è capace di fingere, io lo so bene. Sembra triste, quasi assente. E io non sopporto di vederla così. La preferisco provocatoria, addirittura indisponente, come a volte era con me quando voleva averla vinta a tutti i costi. Però non posso nemmeno intervenire, mettermi in mezzo. Quindi non mi resta altro da fare che evitare del tutto il pensiero, lasciarla andare.

Proprio come l'ho lasciata andare anni fa, senza ripensamenti. Quando ho ritenuto che, alla fine, fosse la cosa più giusta per entrambi. E così è anche ora, ne sono certo. Non sono in cerca di una seconda possibilità, con lei. Di sicuro anche Daphne non vuole questo, da parte mia. Allora devo smetterla di indagare, di cercare di interpretare i suoi pensieri. Abbiamo scelto di allontanarci. Abbiamo scelto di lasciarci. Ora non mi resta altro da fare che convivere con questa scelta. Ciò che conta davvero è il presente. E poi il futuro. Non esistono altre opzioni. Ripercorrere le strade del passato non è mai la scelta giusta. Non per me.

CAPITOLO 19

Daphne

Detesto questo gioco. L'ho sempre detestato. Tanto che avrei potuto evitarlo. Invece sono qui. E non si è trattato di seguire Alan, per me. Avrei potuto scegliere un altro dei giochi proposti e unirmi a un altro gruppo. Anzi, mi sarebbe stato addirittura utile per conoscere altre persone.

Sono qui per William, questa è la verità. Avrei dovuto resistere, lo so, ma è stato più forte di me. Devo controllarmi, con lui. Però voglio averlo intorno, anche se so che si tratterà soltanto di pochi giorni. È un'occasione che non mi ricapiterà, ne sono certa. Ed è proprio per questo che devo sfruttarla al meglio.

È una follia, me ne rendo conto. Io stessa sto faticando ad accettare la realtà dei fatti. Di sicuro non la confesserò a lui, mai e poi mai.

Quando arriva il mio turno, è Edith a leggere la mia domanda:

«Hai mai vissuto un episodio imbarazzante legato a un primo appuntamento o a una cena romantica?»

«Sì, più di uno, temo.» Posso sperare di risolvere il mio quesito così facilmente? Ovviamente no.

«Non pensare di cavartela così, mia cara!» George si fa subito sentire, infatti. «Vogliamo i dettagli scottanti. Scegli l'episodio che preferisci, magari quello con più "carne al fuoco" per farci contenti!»

«Mmh...» Tossicchio, mi schiarisco la voce. «E va bene!»

Cerco di fare una selezione ma, inevitabilmente, buona parte dei miei ricordi passati sono legati a William. Nessuno ne è a conoscenza, a parte noi due, ma preferisco scegliere altro oppure inventarmi qualcosa che non coinvolga proprio nessuno. Nemmeno Alan, detesta questo gioco ed è evidente.

«Allora?» George mi incoraggia, mentre gli occhi di tutto il gruppo sono puntati su di me.

«In realtà non è nulla di eclatante, si tratta di una storia di molti anni fa.» Ovvio che non lo sia, sto cercando di inventarmi qualcosa mescolando realtà e fantasia! «Avevo organizzato una bella serata romantica, con tanto di tavola apparecchiata alla perfezione, candele, luci soffuse... e alla fine, mentre stavo decidendo cosa indossare, ho bruciato la cena.»

«Tutto qui?» La smorfia di Charlotte è quasi disgustata.

«Tutto qui» annuisco convinta. Anche se l'episodio è davvero riconducibile a una mia esperienza con William e al mio tentativo di preparare un soufflé, non sono riuscita a pensare a nulla di meglio.

Ora, vorrei capire perché si stanno accanendo su di me quando le risposte degli altri sono state accettate senza infierire oltre.

«E poi? Lui come ha reagito?» Charlotte non desiste e anche gli altri sembrano in attesa della mia risposta.

«In nessun modo...» Mi aveva riso in faccia, mi mordo le labbra rammentando la sua espressione. Io mi ero offesa, ma poi lui mi aveva attirata a sé, baciandomi sulle labbra e... «L'ha presa abbastanza bene. Abbiamo ordinato la pizza.»

«La pizza è sempre un'ottima idea.» Il commento di William giunge inaspettato e mi coglie di sorpresa.

Sono costretta a rivolgergli un'occhiata e lui ricambia con un sorriso appena accennato, ma quasi complice. Di certo rammenta quell'episodio e io mi rendo conto che avrei davvero fatto meglio a inventarmi altro, anche se nessuno qui è a conoscenza del passato che abbiamo condiviso.

Ma per quanto mi riguarda, non posso fingere di aver rimosso tutto quanto. Soprattutto se sento ancora quella connessione e mi accorgo che forse anche William prova le mie stesse sensazioni. Siamo come due complici, in questa storia. Entrambi costretti a tacere e a portare avanti una farsa di cui noi due siamo diventati i protagonisti.

Il gioco prosegue e, dopo una serie di domande abbastanza innocue, si passa a un giro di obblighi e penitenze. Edith non è in grado di mimare la scena di un film romantico e viene quindi obbligata a scambiare un capo d'abbigliamento con la persona alla sua destra. Così si ritrova a indossare la giacca enorme di George, mentre a lui tocca il maglioncino striminzito di Edith che, dopo qualche inutile tentativo, può solo appoggiare sopra a una spalla per non sformarlo del tutto.

La scena mi diverte e per un attimo riesco a rilassarmi e a ridere di gusto, come gli altri. Mi accorgo che anche William sta ridendo e, nonostante il mio tentativo di evitarlo, i nostri sguardi si incontrano, anche se solo per una frazione di secondo.

Mi piace vederlo ridere. Lo adoravo, anche tanti anni fa. Quel suo sorriso così dolce, così intenso, quando dalle labbra si espande in tutto il viso, fino a raggiungere gli occhi. Sento una morsa improvvisa, a livello dello stomaco. La sua risata mi riporta indietro, a quei momenti di allegria e di genuina spensieratezza che abbiamo vissuto insieme e che da troppo tempo mi sono mancati.

Però mi devo controllare. Mi rendo conto, ancora una volta, che eravamo soltanto più giovani, per questo tutto ci appariva più semplice, facilmente raggiungibile. Crescendo poi sono aumentate le difficoltà, almeno per quanto mi riguarda.

Appena mi ricompongo, mi sento lo sguardo di Amanda puntato addosso. Ha posato sul tavolo il cellulare, con cui stava smanettando fino a qualche istante prima, e mi sta fissando con espressione pensierosa. Temo abbia intercettato lo scambio di sguardi tra me e William, ma non credo ci sia nulla di particolare o inconsueto in ciò che ha visto. Per risultare convincente, sposto subito lo sguardo su George e poi su altri ragazzi del gruppo, per poi fermarmi su Alan.

Devo fare attenzione, accidenti! Quasi certamente nessuno ha notato nulla, ma sono io stessa a rischiare di espormi inutilmente.

Mi concentro su Alan. Mi rendo conto che, per quanto si sia accanito su questa storia dell'organizzazione, c'è qualcosa che mi lascia sempre più perplessa nel suo atteggiamento. Anche George è uno degli organizzatori dell'evento qui a Fairfield Manor, ma propone le attività senza risultare opprimente e snervante. Senza dare l'impressione di voler obbligare le persone e di innervosirsi se rifiutano, ecco.

Sospiro e stringo i pugni, per un attimo. Devo restare calma. Continuo a seguire il gioco, per quanto possibile, e a mostrarmi rilassata, addirittura a sorridere anche senza comprendere le battute degli altri. Sono talmente distratta che rido per imitazione, insomma. Non riesco più a concentrarmi, nemmeno sulle cose semplici, su un gioco sciocco come questo. Rido perché lo fanno anche gli altri. Mi sento tesa, come se un'ansia crescente si stesse impadronendo di me, ogni istante di più.

Così non va bene. Devo inventarmi qualcosa per frenarmi, per tenere sotto controllo la situazione. Non posso espormi. Non posso lasciare che gli altri intuiscano il mio stato d'animo. Devo fermare tutto, devo fermare me stessa! Anche a costo di trascorrere il resto di questa vacanza, Capodanno compreso, chiusa in camera!

CAPITOLO 20

William

Non vedo l'ora che questo stupido gioco finisca! Per quanto divertente, il più delle volte, ora per me sta diventando davvero estenuante.

Sto cercando di non guardare Daphne. Di non voltarmi nella sua direzione, di non fissarmi su di lei, di non incrociare il suo sguardo, di non sorriderle. Però, mostrando troppa ostinazione nell'evitarla, rischio di ricadere nella trappola opposta.

Mi sono accorto che Amanda mi sta osservando con un'espressione strana. E anche Alan, a dire il vero, mi ha rivolto un paio di occhiate incazzate del tutto inspiegabili da parte di uno che non dovrebbe essere a conoscenza della storia intercorsa tra me e Daphne. Sono certo che lei non gli abbia raccontato nulla, quindi...

Quindi forse sono io che sto esagerando! Oppure è il senso di colpa a perseguitarmi.

L'unica cosa positiva è che ho visto Daphne sorridere, proprio come un tempo. Avevo quasi dimenticato quella sua risata allegra, così fresca e spontanea. So che non è dipesa da me ma dalla situazione che si è creata con Edith e George, però subito dopo lei mi ha cercato con lo sguardo. E mi è piaciuto, devo ammetterlo.

Sono talmente distratto che quasi dimentico il mio turno nel gioco e resto indifferente di fronte a Jason che legge la carta con la domanda rivolta a me. Mi riprendo soltanto quando mi ritrovo gli sguardi di tutti gli altri puntati addosso e lo costringo a ripeterla.

«Hai mai fatto una figuraccia clamorosa in pubblico che avrebbe potuto compromettere il tuo lavoro?»

«Sì, eccome!» Sbuffo e alzo gli occhi al cielo. Qualcosa del genere mi era accaduto davvero. «Durante un corso piuttosto importante che ho frequentato, anni fa, dovevo improvvisare la presentazione del menù principale di un ristorante. C'erano anche alcuni celebri critici gastronomici e io... ero talmente nervoso che ho bevuto qualche bicchiere di vino per farmi coraggio. Così, nel bel mezzo del discorso ho dimenticato il nome di una portata e mi è uscita una parolaccia... anzi, più di una, a dire il vero.»

Ridono tutti, o quasi. Alan sembra imperturbabile, già da qualche giro. Amanda, invece, ridacchia divertita.

«Oh, avrei voluto immortalare il momento! Peccato che non ci frequentavamo ancora.»

No, non ci frequentavamo. In quel periodo non frequentavo nemmeno Daphne, anzi, ci eravamo lasciati da qualche mese. Sospiro e mi stringo nelle spalle.

«Mi è andata bene, almeno non ci sono in giro riprese compromettenti.» Sorrido e strizzo l'occhio ad Amanda, sfiorando la sua mano. Lei risponde allo stesso modo, anche se la situazione mi sembra un po' troppo forzata.

Mi rendo conto che qualcosa sta fuggendo decisamente al controllo quando, alla domanda riguardante la relazione più romantica e folle della sua vita, Amanda nomina un suo amore adolescenziale, anche senza entrare troppo nello specifico. E non è affatto da lei.

«Avevo sedici anni, ovviamente a quell'età si vive tutto in modo amplificato e con una sana dose di follia!»

Non mi disturba il fatto che non abbia parlato di me, di noi. Però è comunque strano vederla così distratta, quasi assente, come se non le importasse di nulla, nemmeno di concentrare l'attenzione di tutti i presenti su se stessa.

Quando finalmente il gioco termina, il gruppo si divide e io cerco di dileguarmi, il più lontano possibile da Daphne e Alan che vedo spostarsi verso il divanetto di fronte al camino. Piuttosto preferisco discutere con George ed Edith riguardo alle attività in programma per i giorni successivi, anche se la verità è che me ne importa ben poco.

Per fortuna si sta facendo tardi e così sono "autorizzato" a inventare una scusa per ritirarmi. Raggiungo Amanda, che sta confabulando con Charlotte, ma lei mi comunica che salirà in camera più tardi, stanno discutendo su nuove sponsorizzazioni e editing dei video, tecniche per ottenere un maggior numero di follower.

Prendo per buona la sua giustificazione e non discuto. Mi ritiro in fretta, quasi di soppiatto, per non incrociare gli altri. Per non incrociare Daphne, nello specifico.

Temo di tradirmi. O peggio, a spingerla a tradirsi. Non deve succedere. Non qui, almeno, non in questo modo.

La situazione che si è creata in questo angolo della campagna inglese è troppo strana, troppo compromettente per entrambi. Vorrei parlarle, vorrei giungere a un chiarimento con lei, quello che non c'è mai stato davvero, nemmeno quando ci siamo lasciati. Ma non qui, circondati da estranei. Non voglio diventare l'argomento di conversazione e di pettegolezzi dei prossimi giorni. Quindi devo riuscire a trattenermi, evitare Daphne e non cadere in tranelli assurdi. Devo farlo per entrambi, a costo di diventare anche rigido e scostante. Devo farlo soprattutto per Daphne, anche correndo il rischio che lei non comprenda i miei motivi e mi consideri esattamente come quando ci siamo allontanati, anni fa. Il solito stronzo egoista e calcolatore.

CAPITOLO 21

Daphne

Mi sento sfinita. Fingere non fa per me. E nemmeno mostrare indifferenza nei confronti di qualcuno con cui ho trascorso tanto tempo della mia vita.

Forse dovrei davvero parlare con William, in modo definitivo, questa volta. Anche se così rischierei davvero di compromettere tutto con Alan, di mandare all'aria la mia relazione con lui.

Ma no, cosa sto pensando! Non succederà! Non per una sciocchezza del genere. Siamo grandi, siamo maturi. Si può discutere con calma. Ma non qui e soprattutto non ora.

Seduta con Alan di fronte al camino del salone principale, cerco di mostrarmi più naturale possibile. Rimango rigida per qualche minuto, poi sospiro e appoggio la testa alla sua spalla. Devo comportarmi in modo normale. Anche se temo, nel tentativo, di spingere il mio atteggiamento verso un'esagerazione non comune tra di noi.

«Ti sei divertita, questa sera?» Alan si muove e passa il braccio intorno alle mie spalle, attirandomi a sé. Sollevo lo sguardo su di lui, ho l'impressione che i lineamenti del suo viso siano un po' tesi, ma forse si tratta soltanto della stanchezza accumulata durante il giorno.

«Sì, abbastanza. Il gioco è stato divertente.» Non so se la sua sia stata una domanda provocatoria o sarcastica, rispondo senza sbilanciarmi.

Alan annuisce con un respiro profondo, ma non replica. Non riesco a comprendere a cosa stia pensando. Il suo sguardo, così cupo, mi induce a dubitare. Sembra turbato, infastidito, come se avesse intenzione, da un momento all'altro, di accusarmi di qualcosa. O magari si tratta soltanto di una mia sensazione. Però non riesco a calmarmi e non posso fare a meno di pensarci. Che sappia qualcosa? Che, in qualche modo, abbia scoperto la relazione passata tra me e William? No, è impossibile. Quando ci siamo incontrati e abbiamo iniziato a frequentarci, abbiamo parlato delle nostre storie precedenti, ma non nello specifico. Non sa nulla di William, non può! Ho passato in rassegna le persone presenti a Fairfield Manor e so, con assoluta certezza, che nessuno sa di noi. Beh, insomma… forse non con assoluta certezza, ma sono abbastanza sicura che la nostra storia non sia nota agli ospiti della villa.

Intanto, un'altra giornata è trascorsa. Ormai questa farsa sta per giungere al termine. Ma c'è un elemento fondamentale che, nonostante tutto, è ben lontano dal giungere a una conclusione. Anzi, sembra aver trovato il modo di rinvigorirsi, di rinsaldarsi sempre di più, ogni minuto trascorso dentro a questa sorta di gabbia dorata. Il mio "affare irrisolto" con William.

***

La mattina successiva un sottile strato di neve copre la campagna circostante Fairfield Manor e ora scintilla sotto al tenue sole invernale. Osservo il panorama dall'ampia finestra della nostra stanza che si affaccia su un paesaggio quasi fiabesco di colline lievi, siepi cariche di minuscoli cristalli di ghiaccio e sentieri che si perdono tra alberi quasi sommersi da una coltre bianca. Ma il cielo azzurro pallido sembra comunque promettere una giornata più luminosa delle precedenti.

Una volta saliti in camera, dopo aver trascorso un po' di tempo a rilassarci di fronte al camino del salone principale, ho cercato di lasciarmi andare con Alan, di provocare una sua reazione nei miei confronti e, lo confesso, tentare di sradicare dalla mia mente il pensiero costante e frustrante di William.

Alan, inizialmente ben intenzionato a ricambiare il mio slancio, si è però tirato indietro, liquidandomi in fretta.

«Scusami, tesoro, è stata una giornata davvero impegnativa.» Mi ha baciata sulle labbra, accarezzandomi il fianco con dolcezza ma con espressione quasi assente.

«Non c'è problema...»

Invece evidentemente di problemi ne abbiamo, fin troppi. E inizio a credere che siano iniziati già da prima di arrivare qui. Prima del duplice incontro con William. Visto che questa mattina mi sono svegliata sola nel nostro letto e con un messaggio di Alan che mi avvisava di essere sceso presto per concordare le attività della giornata con gli altri organizzatori.

Ne approfitto per videochiamare Janice, negli ultimi messaggi avevo accuratamente evitato di approfondire la questione.

«Vuoi dirmi che Alan ti ha rifiutata?» La prima reazione di Janice al mio resoconto non è incoraggiante. E la sua espressione allibita non promette nulla di buono. «E quando mai un uomo rifiuta di fare sesso?»

Okay, forse avrei fatto meglio a tenermi tutto per me.

«Quando...» Deglutisco a fatica, mordendomi le labbra. «Quando... è... stanco? Oppure quando...»

«Daph...»

«E va bene, Jani! Spara, dimmi pure quello che pensi!»

Tanto, alla fine, è ciò che sto pensando anch'io. Ma sto evitando di ammetterlo e di esprimerlo a parole.

«Okay, ci provo!» Si schiarisce la voce e mi rivolge un sorrisetto un po' inquietante, tanto è finto. «Magari è davvero stanco, come dici tu. Insomma, tutta questa organizzazione comporta un certo impegno...»

«Ti ho chiesto di dirmi quello che pensi, non quello che io vorrei sentirmi dire!»

«Va bene, va bene!» Janice sbuffa, alzando gli occhi al cielo. «Allora... le possibilità potrebbero essere infinite... Forse ha intuito qualcosa, che tu hai la testa da un'altra parte. Forse ti vuole punire per qualche tua "mancanza" nei suoi confronti lasciandoti crogiolare nei dubbi, come in effetti stai facendo… Oppure…»

«Oppure non è più interessato a me. Oppure ha…» Ecco, lo devo dire. Uno sguardo di Janice mi conferma che anche lei è attraversata dallo stesso pensiero, anche se non osa esprimerlo. «Oppure ha un'altra.»

«No, Daph, insomma… che abbia un'altra ne dubito.» Janice nega subito, con una veemenza forse eccessiva. «Non l'avrà di certo trovata lì, almeno. Cioè…» Ecco, si è arenata e non sa più come proseguire.

«Qui ci sono indubbiamente ragazze interessanti.» Penso a Charlotte… poi subito dopo ad Amanda. Ma ce ne sono anche altre, con cui io non ho ancora interagito direttamente. In effetti, potrebbe essere chiunque.

«Daphne, tutta Londra è piena di ragazze interessanti!» Janice scuote la testa, decisa. «No, secondo me non si tratta di questo. E comunque… per quanto riguarda William?»

«Per quanto riguarda William…» Abbasso la voce, sussurro appena. «Niente, cioè… tra qualche giorno dimenticherò tutto, anche di averlo rivisto. Anche perché, di certo, tra lui e la sua ragazza non ci saranno gli stessi problemi che io ho con…»

«E tu come fai a saperlo?» Janice mi interrompe, sgranando gli occhi.

«Hai dato un'occhiata al profilo Instagram di Amanda?»

«Sì. E quindi?»

«Quindi nessun uomo sano di mente la respingerebbe come Alan ha fatto con me.»

Janice protesta ma io non l'ascolto più. Perché io mi perdo a pensare a lui, a William, tra le braccia di Amanda. E non so se l'idea mi fa più male del rifiuto di Alan nei miei confronti.

«Daphne!» Janice richiama la mia attenzione, alzando notevolmente il tono di voce. «Parlagli!»

«Sì, oggi lo farò di certo.» Annuisco diligente con un sorrisetto. «Appena si prenderà una pausa dell'organizzazione delle attività…»

«Non con Alan.» Janice sbuffa, alza gli occhi al cielo. «Con William.»

«Mmh…» Lo so. Lo so. Lo so. «Farò quello che posso.»

Janice scuote la testa, mi lancia un'ennesima occhiata scettica. Poi ci salutiamo e io mi preparo per scendere e affrontare un'altra giornata a Fairfield Manor. Non ho nemmeno voglia di fare colazione, ho una morsa prepotente nello stomaco. Ma so che la mia amica ha ragione. Devo parlare con William. E poi, per quanto è possibile, tentare di sistemare la situazione con Alan.

***

Dopo colazione, George e Clay propongono una passeggiata rilassante lungo un sentiero che porta a un piccolo e affascinante boschetto dietro la collina.

Alan sembra scettico, ma non si oppone. Consulta la sua agenda, il cellulare e poi annuisce, stringendosi nelle spalle.

«Sì, effettivamente potremmo approfittare della luce e della mattinata serena. Si prevedono nuvole dal primo pomeriggio.»

Le sue parole non esprimono alcun entusiasmo, anzi sembra addirittura rassegnato. Come se non gli importasse più nulla dell'organizzazione delle attività e avesse deciso di delegare tutta la gestione a George, Clay o a chiunque altro.

La proposta viene comunque accolta favorevolmente, soprattutto da Amanda e Charlotte che già prospettano delle dirette, storie, reels e qualunque cosa sia condivisibile sui loro social. Scelgono la musica e tentano addirittura di coinvolgere Edith proponendole di registrare una poesia in sottofondo per creare l'atmosfera bucolica e campestre mescolata a ciò che loro definiscono #wintervibes e #countryside.

«Oh, no ragazze!» Edith arrossisce intimidita e cerca immediatamente di tirarsi indietro. «Vi ringrazio del pensiero, ma io non posso, non sarei mai in grado…»

«Ma perché no?» George tenta di incoraggiarla con il suo tono entusiasta. «Coraggio, piccola letterata, potresti anche divertirti! E io ti voglio ascoltare, quindi consideralo un favore personale!»

Anche io sono ben disposta nei confronti della passeggiata. L'idea di uscire all'aria aperta, dopo la tensione che mi sta attraversando da capo a piedi, non mi dispiace affatto. In cuor mio penso che, con un pizzico di fortuna, potrò ritagliarmi un momento di pace e solitudine per riflettere, senza sentirmi costantemente sotto osservazione. E poi decidere con calma come procedere.

Indosso il mio cappotto, mi sistemo la sciarpa intorno al collo e seguo il gruppo all'esterno della villa. Ci incamminiamo in ordine sparso ma io cerco di tenermi a dovuta distanza da William e Amanda.

Il paesaggio si apre in una distesa che si perde all'orizzonte, con lievi pendenze che rivelano alcuni ruscelli semighiacciati per il freddo e cancelletti di legno ricoperti di brina.

Dopo circa quindici minuti di cammino, ci inoltriamo in un tratto di bosco dominato da querce e altri alberi ricoperti di fiocchi ghiacciati. Giunti a un bivio, controllando la mappa, George propone di dividere il gruppo in due per esplorare entrambi i percorsi che si sarebbero poi ricongiunti.

Così nella confusione, indipendentemente dalla mia volontà, oltre che nello stesso gruppo mi ritrovo anche a poca distanza da William, percorrendo la stessa diramazione di sentiero quando Amanda segue Charlotte per organizzare una storia da condividere su Instagram e Alan, troppo preso da una conversazione con Jason, smette di seguirmi prendendo invece un percorso parallelo.

Ci scambiamo un'occhiata perplessa, ma nessuno dei due ha la prontezza di riflessi per prendere un'altra strada ed evitare di ritrovarci abbastanza isolati da poterci parlare senza testimoni. Restiamo zitti, invece, con lo sguardo rivolto verso il sentiero, come se temessimo di essere controllati, spiati.

Procediamo in silenzio, attraverso l'atmosfera ovattata del bosco, mentre il sole filtra tra i rami creando giochi di luce e riflessi argentati. Manteniamo un'andatura lenta e cauta, per evitare di scivolare. Mi sento dominata da un imbarazzo e da una tensione che non riesco a sciogliere. Così attendo che sia lui a dire qualcosa.

«Va tutto bene?» Infatti, è William a rompere il ghiaccio, ma con una domanda banale, scontata.

«Va come dovrebbe.» La mia replica è un po' seccata, mi rendo conto. Forse non abbiamo davvero più nulla da dirci. Anzi, lo avremmo ma questa sensazione di disagio rende tutto difficile. E rende noi quasi estranei, soprattutto.

William annuisce, scostando un ramo che intralcia il nostro passaggio. «Vedo che la situazione si sta complicando.»

Procediamo ancora per qualche istante, in silenzio. Dovrei approfittare di questo momento? No, forse no. Anche perché mi sento in trappola e non so come gestire tutto ciò che sto provando, questa tensione mista a qualcosa che somiglia molto alla paura. E non si tratta nemmeno di paura degli altri, di Alan, Amanda o qualcuno che potrebbe ascoltare e capire che tra noi c'è stato qualcosa. È paura di lui, delle sue risposte, di ciò che potrebbe dire e di come io potrei sentirmi, di nuovo, a causa sua.

Nonostante tutto mi fermo, quasi all'improvviso, e mi volto verso di lui. Ora o mai più.

«Ho pensato molto alla nostra rottura, William.» Non so nemmeno io dove trovo il coraggio di pronunciare queste parole, ma lo faccio comunque. Ormai non mi fermo, anche se la mia voce rischia di tradire l'emozione, l'angoscia inesprimibile che sto provando in questo momento. «Da quando ti ho rivisto. Non qui, cioè non solo qui... già da quando ci siamo incontrati al negozio di vini. Quello che vorrei dire è che... insomma, credo che in quel momento, quando abbiamo deciso di chiudere la nostra storia... io ero così concentrata su tutto ciò che tra di noi non andava bene, da dimenticare...» Mi mordo le labbra, forse dovrei fermarmi. Fermarmi e basta. Invece decido di proseguire

114

e concludere la frase che sarei tentata di lasciare in sospeso. «…ciò che invece era ancora bello.»

Non so nemmeno io dove vorrei arrivare. Forse da nessuna parte, volevo solo dirlo, una volta per tutte.

William sospira e mi fissa, sembra perplesso. Increspa le labbra per un attimo, come se stesse pensando a una risposta che non mi ferisca troppo, scegliendo con cura le parole.

«So cosa vuoi dire. Anche per me è stato lo stesso. Ero così preso dal mio lavoro, dall'idea di ottenere successo e riconoscimento, che… ho lasciato andare la nostra relazione, ho trascurato quasi del tutto il nostro rapporto. Ma, tra tutti i miei errori, c'è una cosa che non riesco proprio a perdonarmi.» Si interrompe, scuote leggermente la testa, abbassa lo sguardo. «Ho lasciato andare te, Daphne… e ti ho persa per sempre.»

CAPITOLO 22

William

Ho approfittato del momento, quasi come se fosse l'unico. O peggio, l'ultimo. Forse non avrei dovuto, ma finalmente sono riuscito a esprimerle ciò che ho provato per tanto tempo.

Magari non è il luogo né il momento più opportuno, ma è stato necessario.

«Correvo da un ristorante all'altro, ogni giorno…» Torno a guardarla, mi sembra quasi incredula, come se non si aspettasse la mia confessione. «Cercavo di creare qualcosa… e ti lasciavo sola, senza neanche una spiegazione. Ho sempre pensato che tu non potessi capirmi. Ma forse ero io a non capire te.»

Sospira e si morde le labbra, senza replicare. Però ha gli occhi lucidi, l'espressione malinconica. Forse, in parte, ha nostalgia di quel tempo, di noi. Almeno, io mi illudo che sia così.

«Ci sono stati momenti belli.» Non so se lo sto dicendo a lei o a me stesso.

«Ne abbiamo avuti tanti» annuisce, convinta. «Non li ho dimenticati.»

Ma quel velo di nostalgia non sembra abbandonarla, non si dissolve dal suo sguardo. E mentre l'aria gelida ci sferza le guance, ho l'impressione che i nostri cuori si riscaldino, passando dal silenzio a un'armonia venata da un filo di complicità.

«Daphne, ascolta… Io vorrei…»

«Eccovi qui!» Le mie parole vengono interrotte dalla voce tonante di George. Mi volto e lo vedo apparire dietro la curva del sentiero, insieme a Edith che ci saluta sollevando una mano. «Vi stavamo già dando per dispersi. Qui è facile confondersi, con tutti questi sentieri che si intersecano.»

Cerco di non focalizzare l'attenzione sul suo tono allusivo, sul suo sguardo velato di sottintesi. Ma probabilmente si tratta solo di una mia impressione e George non sta insinuando proprio nulla.

«Ci stavamo soltanto guardando intorno. Hai ragione, comunque, questi sentieri sono tutti molto simili, sembra un piccolo labirinto.» Daphne riesce a rispondere prima di me. Si comporta in modo naturale, come se non avesse afferrato l'allusione di George. «Però è una meraviglia, qui intorno.»

Si scosta completamente da me, muovendosi verso Edith con un sospiro appena percettibile. Cerca di evitare anche il mio sguardo, come se non volesse rischiare di tradirsi e si sentisse troppo osservata per riuscire a trattenersi.

Insieme a George ed Edith riprendiamo il cammino per raggiungere gli altri. Percorrendo quel tratto insieme a Daphne non mi ero nemmeno accorto di esserci allontanati così tanto. Ora, però, percepisco un'energia diversa fra noi, la consapevolezza che, sebbene le cose tra noi in passato siano andate male, non tutto è stato inutile e doloroso. Ci sono anche ricordi belli che continuano a scaldarci l'anima, come un fuoco, tra noi. Un fuoco che resiste e continua ad ardere anche sotto la cenere, almeno da parte mia.

In pochi minuti raggiungiamo il punto in cui gli altri ci stanno attendendo. Mi guardo intorno, alla ricerca di Amanda, e la vedo indaffarata a scattare fotografie a un ponticello di legno quasi del tutto coperto da un leggero strato di brina.

Intanto Alan sta parlando con Jason ma, alla vista di Daphne, si affretta a raggiungerla con un'espressione che mi sembra un mix di preoccupazione e ostilità.

«Tutto bene? Non ti sei stancata troppo?»

«Molto bene, grazie.» La risposta di Daphne suona un po' distaccata rispetto al solito. Forse se ne accorge anche lei, per questo cerca subito di rimediare. «La verità è che mi sono persa ad osservare questo panorama fantastico, ma intanto ho perso anche la cognizione del tempo e dello spazio.»

Alan annuisce, mostrandosi convinto. In realtà io dubito che lo sia, soprattutto quando i suoi occhi vagano per un istante verso di me. È uno sguardo indagatore, il suo, me ne rendo conto fin da subito, come se fosse alla ricerca di indizi. Poi torna immediatamente su Daphne.

«Va bene, ora torniamo alla villa.»

Così ci avviamo per rientrare a Fairfield Manor. Nel frattempo, Amanda prende le distanze da Charlotte per camminare accanto a me, avvinghiandosi al mio braccio con un entusiasmo esagerato.

«Ho fatto delle fotografie pazzesche! Dopo pranzo le organizzo e le pubblico subito! Devi vederle!»

«Certamente, non vedo l'ora.» Sorrido e le accarezzo la schiena con tenerezza. Mi sento in colpa, nei suoi confronti. E io detesto sentirmi così. Però non posso evitarlo né farne a meno.

Procedendo lungo il sentiero, ho la sensazione che i miei pensieri e quelli di Daphne siano come fili intrecciati e aggrovigliati tra passato e presente. Come se ci fosse un velo di malinconia ma anche una strana speranza, tra di noi. Come se, da qualche parte in questo angolo di mondo, si fosse riaperto un varco per darci la possibilità di rivivere contemporaneamente ciò che un tempo abbiamo condiviso.

Così, inizio a chiedermi se sia davvero un caso che il destino ci abbia riuniti a Fairfield Manor. Forse, vuole indurci a scoprire e ad ammettere che certe storie non finiscono mai del tutto, che certi ricordi sanno farsi strada anche quando la ragione cerca di convincerci del contrario, spingendoci verso sentieri separati.

Continuo a camminare, ascoltando Amanda ma restando per lo più in silenzio. Poi, quasi inavvertitamente, come spinto da una forza superiore alla mia, lancio un fugace sguardo verso Daphne. Proprio in quello stesso istante anche lei si volta verso di me e io inizio ad essere consapevole del fatto che quei brevi attimi trascorsi da soli ci hanno avvicinati più di mille conversazioni precedenti, quando stavamo ancora insieme.

Intanto a Fairfield Manor, dove ci siamo inaspettatamente ritrovati, l'orologio inizia a scandire i giorni e le ore che mancano al Capodanno, ma nessuno sospetta che quella notte di festeggiamenti mi porterà a un'inevitabile resa dei conti. Con me stesso, il mio presente e il mio passato. Forse anche a nuove promesse.

CAPITOLO 23

Daphne

Gli attimi trascorsi insieme a William sono durati troppo poco. Ammetto che, a un certo punto, avrei preferito perdermi davvero insieme a lui e non essere trovata, almeno per un po'. Almeno fino a sviscerare del tutto i problemi tra di noi. Forse per non arrivare a nessuna conclusione, anche ammettere che abbiamo fatto bene a separare le nostre strade... ma allo stesso modo dimenticare i conflitti, rimuovere le sensazioni contrastanti e lasciarci finalmente tutto alle spalle.

Trascorriamo il resto della giornata alla villa e nei dintorni. Quando la sera cala su Fairfield Manor, con una lentezza malinconica, il sole svanisce tra le nuvole rosa e grigie oltre le colline. Così, le luci calde della villa si accendono gradualmente, dando risalto alla vetrata del salone principale e alle finestre più piccole delle altre stanze. L'atmosfera frizzante ricopre i sentieri del giardino con un sottile strato di neve che scintilla sotto i primi lampioni accesi.

Mentre mi preparo per la cena, mi sento sempre più confusa, con il cuore in subbuglio e la sensazione che potrei tradirmi da un momento all'altro.

Entro nella maestosa sala da pranzo di Fairfield Manor e ammiro, per l'ennesima volta, le pareti in pietra, coperte in alcuni tratti da arazzi dal gusto medievale che si armonizzano con i lampadari in ferro battuto e i candelabri decorati. Nel bel mezzo del tavolo in quercia è stato posizionato un centrotavola di bacche rosse e rami di agrifoglio che richiama l'atmosfera invernale e natalizia, mentre i calici di cristallo riflettono la luce tenue e soffusa del salone.

Per quella che, in base al programma, è stata definita una delle nostre "serate di gala" ho indossato un sobrio vestitino nero di lana con alcuni dettagli in pizzo, quasi come se sperassi di passare il più inosservata possibile. Allo stesso modo mi auguro che la cena scorra senza imprevisti. Appena varcata la soglia della sala, invece di gironzolare a vuoto mi offro di dare una mano ai camerieri nel disporre piatti e posate. Non sarebbe mio compito, nemmeno come compagna di uno degli organizzatori, ma cerco semplicemente di impegnarmi in qualcosa per non pensare troppo a William e al nostro scambio di parole, ricordi e soprattutto emozioni.

Mi sento sempre più esposta, questa è la verità. Ogni volta che incrocio il suo sguardo, anche per caso, mi sento in pericolo, come se la verità mi si potesse leggere sul viso, negli occhi. Inoltre, ho la netta impressione che Amanda mi stia osservando, ultimamente, come se mi stesse studiando con una certa insistenza con i suoi occhi chiari puntati su di me, che mi scrutano, seguendo ogni mio passo, ogni mio gesto.

Forse sto esagerando. Forse, in parte, mi sento colpevole, perché io so che sto mantenendo un segreto che prima o poi rischia di uscire allo scoperto.

La verità è che anche con Alan mi sento allo stesso modo. Non sono brava a nascondere, a mentire, nemmeno a mantenere segreti, soprattutto se sono così "sconvolgenti" e possono coinvolgere più persone. Avrei dovuto pensarci prima, forse. Quando la situazione sarebbe stata più tranquilla, più gestibile. Non ne sono sicura, in realtà, ma questa continua ansia mi provoca un peso insopportabile sul petto. Come se Amanda, Alan e anche gli altri potessero ormai leggermi dentro.

Quando Alan mi raggiunge nella sala da pranzo e si accerta che tutto sia pronto e in ordine, io gli sorrido nel modo più tranquillo e rilassato possibile. Intanto però mi rendo conto che la sua ossessione nel controllare tutto sta diventando davvero un po' assillante. Anche perché io mi sento sempre più compresa in quel "tutto".

Credo sia qualcosa di cui dovremo discutere prossimamente. Magari alla fine di questa vacanza, come proposito per l'anno nuovo. Di certo in questo momento non ne ho la forza, sono troppo impegnata a contenere l'ansia di dover passare un'altra serata con William a poca distanza e con Amanda che si aggira intorno come un felino pronto a scagliarsi sulla preda.

Poco dopo, il gruppo al completo comincia a radunarsi nella sala. Mi lascio distrarre dai commenti degli altri per non concentrarmi troppo sulla mia situazione personale.

«Oh, questa cena promette davvero bene! Ho fatto un paio di partite a freccette e ho una fame da lupi!» George è piuttosto bravo a distrarre e ad attirare l'attenzione generale su di sé. Cosa di cui io ho estremo bisogno, al momento. Poi lancia un'occhiata agli altri e si stringe nelle spalle, abbassando lo sguardo sui suoi jeans e sul maglione variopinto. Scoppia a ridere. «Temo di essermi confuso e aver sbagliato "dress code", non sono pronto per la serata di gala in programma! Mi accettate lo stesso, vero? Giuro di comportarmi bene.»

Rido anche io e altri si uniscono a noi. Tutto va bene, pur di riuscire a distrarmi. Purtroppo, posso contare meno sull'aiuto di Edith che, dopo l'avvicinamento a Charlotte nel corso della passeggiata, sembra essersi lasciata coinvolgere dal potere dei social media. Mi fa anche piacere, per lei, soprattutto se l'esperienza riuscirà a renderla più disinvolta, sicura di se stessa e del suo potenziale.

Cerco di non soffermarmi sull'ingresso di William nella sala anche se, dal modo rigido in cui si muove e stringe le labbra, non mi sembra particolarmente entusiasta della serata. Piuttosto elegante con camicia azzurra, pantaloni scuri e capelli pettinati all'indietro, ha tutta l'aria di qualcuno che vorrebbe trovarsi ovunque ma non qui. Come me, del resto.

Amanda, al contrario, si mostra raggiante in un tubino avorio che le mette in mostra le forme perfette e slancia la sua figura in modo invidiabile. Come se avesse tutto sotto controllo. I miei dubbi iniziano a intensificarsi, ma cerco di autoconvincermi che

Amanda è sempre così, sicura e disinvolta. Lo è sempre stata, fin dal principio. Lo era anche quando l'ho vista la prima volta, nel negozio di vini.

Inevitabilmente, anche se per un breve istante, il mio sguardo incrocia quello di William. Ed è come se, all'interno della sala e nella mia testa, si creasse il vuoto, scandito soltanto da un silenzio assoluto. Come se fossimo rimasti soltanto noi due e tutti gli altri fossero spariti all'istante.

Distolgo in fretta lo sguardo da lui, mi impegno per riassumere il controllo della situazione e mi avvicino ad Alan che esamina ancora la disposizione dei piatti e l'organizzazione dei centritavola. Non credo sia così essenziale, a dire il vero. Ma, al momento, fingo che sia il mio interesse principale, l'unica cosa di cui mi importa al mondo. L'esito della serata, il successo di questo evento.

Ci accomodiamo e già non vedo l'ora che la cena finisca. Mi sento in trappola, come non mai. In una sorta di prigione di cristallo che mi toglie il fiato. Temo di tradirmi ogni momento. Temo le conseguenze, soprattutto. In questo momento rimpiango, più che mai, di aver celato la verità, nascondendola come se si trattasse di un crimine. Sarebbe stato tutto più semplice, arrivati a questo punto.

Ma ormai è inutile, visto che non si può tornare indietro. Mentre la cena ha inizio, sospiro e lancio una rapida occhiata in direzione di William e Amanda. Presto tutto questo sarà finito. Usciremo di qui, tra pochi giorni, tra poche ore. E tutto tornerà come prima, senza eccessivi sconvolgimenti. O almeno credo.

CAPITOLO 24

William

Altra cena, altro tormento. No, in realtà dovrebbe essere divertente e gustosa. Ma per me sta diventando tutto complicato, qui dentro. Con lei intorno, soprattutto.

Devo forzare me stesso per non rivolgere ripetute occhiate a Daphne. Devo imparare a controllarmi, insomma, ma la situazione mi sta sfuggendo di mano. Sto addirittura pensando che, a questo punto, tanto vale espormi una volta per tutte e togliermi il pensiero. Ma non dipende soltanto da me. Metterei nei guai anche lei, quindi sono costretto a trattenermi.

Amanda, intanto, si sta comportando in modo un po' strano, riempiendomi di premure. Non che di solito mi ignori, ma mi sembra che si stia focalizzando su di me più del solito, quasi tralasciando i suoi social e, soprattutto, i suoi adorati follower.

«Amore, assaggia questo nuovo vino, è fantastico!» Mi riempie il calice di continuo e io, anche se non me la sento di contrariarla in pubblico, mi rendo conto che forse sta esagerando. «Sto seguendo i consigli di Raphael, è davvero bravo *lui*.»

Non credo che la sua intenzione sia quella di farmi ubriacare, forse sta solo cercando di ottenere più attenzioni e complimenti, da parte mia. Oppure di farmi ingelosire, elogiando Raphael. In effetti, mi rendo conto di essere stato un po' distratto nei suoi confronti. E devo rimediare, in un modo o nell'altro.

«Sì, l'ho notato anch'io. Magari lo inviterò per una presentazione al "Bloom Thyme", prossimamente.»

Lancio una rapida occhiata verso Daphne e incontro il suo sguardo preoccupato. Non ne comprendo la ragione, dovrebbe sapere che sono perfettamente in grado di controllarmi. Teme forse che mi lasci sfuggire qualcosa?

Sì, mi sembra ovvio. Ma non per il vino che Amanda continua a versarmi istigandomi con diversi assaggi. Devo soltanto smettere di cercare Daphne con lo sguardo. Così mi concentro sul cibo che ci viene servito, sull'ottimo risotto ai funghi e tartufo nero, e mi immergo con George, Clay e altri loro amici in una conversazione sullo sviluppo di nuove tecnologie utili in svariati settori commerciali.

Ma, inaspettatamente, Amanda torna a concentrarsi su se stessa e a pretendere attenzione. E non soltanto la mia, questa volta.

«Un brindisi a questa magnifica serata!» Esclama all'improvviso con il suo tono squillante, sollevando il calice bel oltre la testa. «Ma soprattutto… a William che, tra pochi giorni, lancerà il nuovo menù nel suo ristorante "Bloom Thyme". Vero, amore? Vero che hai in mente qualcosa di speciale? Raccontaci un po'… come hai trovato l'ispirazione?»

Mi coglie davvero alla sprovvista. A tal punto che non so come rispondere, sento la mente un po' annebbiata dalla confusione. Avverto anche una sensazione di disagio, come se le parole di Amanda fossero una ripicca, un dispetto orchestrato con il chiaro intento di mettermi in difficoltà di fronte a tutti gli altri. Insomma… prima mi spinge a bere parlandomi di Raphael, io l'assecondo e ora lei…

«Sì, in effetti io sto… sto lavorando a un menù invernale, vorrei unire sapori tradizionali e un tocco un po' più esotico.» Le parole mi escono in modo poco fluido, sono io il primo ad esserne consapevole. Detesto ritrovarmi in questo tipo di situazioni, sentirmi obbligato o messo alle strette.

«E poi? Non si tratta solo di questo, vero?» mi incalza Amanda, del tutto indifferente alle mie difficoltà, con un sorriso che sembra innocente, ma che io trovo fin troppo carico di insinuazioni. «In realtà ultimamente ti vedo un po' distratto. Ti sei innamorato di una nuova ricetta che stai sperimentando o c'è dell'altro? Qualche segreto inconfessabile che non ci hai ancora svelato?»

Okay, la situazione sta davvero degenerando ora. Mi sembra evidente che Amanda sospetti qualcosa. Anzi, forse non lo sospetta soltanto. Ed è anche colpa mia, lo so, forse senza nemmeno rendermene pienamente conto, l'ho privata delle solite attenzioni, dell'attrazione che ho sempre provato per lei, fin dal principio. E lei se n'è accorta! Di certo si è anche resa conto che sto cercando di evitare di avere rapporti e non sono più io a prendere l'iniziativa, in questi giorni. Questa sera dovrò rimediare e tornare come sono sempre stato, non ho alternativa!

Mi guardo intorno, seguendo la direzione dello sguardo di Amanda. Intravedo Daphne sgranare gli occhi, sembra spaventata. Ma è inutile, anche perché la stupida trappola che mi sta tendendo Amanda è davvero ridicola. Però lo sguardo allarmato di Daphne, nel frattempo, sembra supplicarmi di fare attenzione.

«Nessun segreto e nessuna nuova ricetta, purtroppo per me. Solo qualche tentativo infruttuoso, per il momento.» Sorrido cercando di recuperare tutta la mia sicurezza, o almeno ci provo, poi mi stringo nelle spalle.

«E certamente, anche se ci fosse davvero un grande segreto, non possiamo aspettarci che lo rivelerai a noi questa sera in anteprima!» George, come al solito, non aspetta altro che scovare qualche pettegolezzo succulento. Così ci si aggrappa immediatamente, ridendo divertito. Ma, allo stesso tempo, riesce nell'impresa di togliermi dai guai. «Perderesti del tutto l'effetto sorpresa!»

«Esatto, George!» Lo assecondo, sperando di riuscire a dirigere il discorso altrove. «Vedo che hai colto nel segno. E poi i piatti serviti questa sera sono davvero ottimi, non avrei saputo fare di meglio, temo.»

Mi volto verso Amanda. Sembra contrariata, ora. A tal punto che si è messa a controllare il cellulare con una furia inconsueta, in lei. Stringe gli occhi, con le labbra ripiegate all'ingiù.

Cosa stava cercando di ottenere? E perché, soprattutto?

Forse è sorto in lei qualche sospetto, ma nulla giustifica l'accanimento con cui ha tentato di estorcermi notizie. Con domande provocatorie e a doppio senso. E di certo, anche scavando a fondo nei miei social, non troverà nulla di compromettente. Nulla che mi leghi a Daphne, visto che sono sempre stato restio a usarli e le immagini e i post che ho condiviso sono tutti piuttosto recenti.

Però magari sono io, sto esagerando. Ciò non toglie che devo fare attenzione. Raccontare tutto fin dall'inizio sarebbe stata la soluzione ideale, ora ne sono consapevole più che mai. Ma ormai siamo qui, a questo punto. E lo spettacolo deve continuare. Certo che deve continuare, anche se io spero che giunga al più presto a una degna conclusione.

CAPITOLO 25

Daphne

Non comprendo quale sia il piano di Amanda. Anche se mi appare fin troppo evidente. Fare ubriacare William fino a indurlo a confessare.

Mi sembra ridicolo, comunque. Ridicolo e infantile. Tutto è possibile, però questo sciocco tentativo presuppone il fatto che Amanda abbia intuito qualcosa.

Ma come? E perché?

Okay, forse sto esagerando. Forse era solo leggermente su di giri. Non così leggermente in realtà, ma sembrava comunque intenzionata a provocare una reazione in William.

Una cosa è certa. Non posso sottovalutarla. Non devo. È un'influencer, è abituata ad avere a che fare con le persone, molto più di me e William. Concentrare l'attenzione su se stessa e ricevere approvazioni continue fa parte del suo lavoro.

Per fortuna lui ha recuperato in fretta il controllo della situazione. Nella confusione degli altri discorsi, non riesco ad afferrare le sue parole, ma lo vedo dialogare tranquillamente con George, Clay e altri mentre Amanda, rassegnata, si dedica al suo cellulare con aria palesemente insoddisfatta. Il tono urlato e stridulo con cui ha concentrato l'attenzione generale mi ha sconcertata. Voleva farsi sentire, questo è chiaro. Magari non da me, nello specifico. O forse sì? Di certo l'intenzione era raggiungere almeno buona parte dei presenti, fare in modo che la udissero.

Mi giro verso Alan e noto in lui un'espressione confusa, gli occhi ancora puntati su William e Amanda. Poi, come scosso da un'idea improvvisa, si riprende e distoglie lo sguardo da loro, battendo le mani per richiamare l'attenzione, come se volesse comunicare qualcosa.

«Bene, arrivati a questo punto, io spero che abbiate gradito il menù della serata. Ora passeremo al dessert. Dalla cucina ci hanno promesso un soufflé al cioccolato davvero eccezionale!»

Io cerco di restare calma e placare i nervi, anche se nel corso di queste ultime ore il mio cuore sta battendo spesso a ritmo irregolare, come se mi trovassi costantemente a ridosso di un precipizio, a un soffio dalla catastrofe.

Da un certo punto di vista mi sento sollevata di aver parlato con William, per quanto possibile, ma anche tremendamente in colpa. Sto mentendo ad Alan e sto contribuendo a ingannare anche Amanda. Però è la cosa migliore, in questo momento. Forse è la cosa migliore e basta, non soltanto in questo momento. Fuori da qui io e William riprenderemo le nostre strade, io sarò felice con Alan e tutto si sistemerà nel migliore dei modi, come è giusto che sia.

Sollevo lo sguardo per dare un'occhiata generale alle persone che mi circondano. Tutti quanti ora sembrano allegri e tranquilli, ignari della confusione e dell'inquietudine che io sento divampare dentro di me. Però mi focalizzo nuovamente su Amanda e mi sembra di notare un'ombra di disappunto dipinta sul suo volto, come se fosse infastidita da qualcosa o da qualcuno. Appena si volta verso la mia direzione simulo indifferenza e mi concentro sul soufflé al cioccolato che nel frattempo ci hanno servito.

Quando la cena ha finalmente termine, decido di ritirarmi in camera con la scusa di un fastidioso mal di testa ed evito di seguire gli altri nel salone principale. La mia non è una scusa, non del tutto, almeno. Sono davvero stanca, non sono abituata a mentire e nemmeno a celare la verità e mi sto rendendo conto che questa sciocca decisione mi si sta ritorcendo contro.

Salgo la scalinata di pietra, illuminata dalle lampade a muro, e raggiungo il corridoio che porta verso la stanza che condivido con Alan. All'improvviso percepisco dei movimenti alle mie spalle, come se qualcuno mi stesse seguendo di soppiatto. Mi volto, quasi di scatto, e sgrano gli occhi incredula.

«Tu... tu non dovresti essere qui!» Mi guardo intorno, sento l'ansia afferrarmi alla bocca dello stomaco.

«Tranquilla, non c'è nessuno.» La sua risposta, invece, non mi tranquillizza affatto. «E poi la mia stanza si trova oltre il corridoio, subito dopo la tua. Quindi capisci anche tu che non ci sarebbe nulla di strano se qualcuno ci sorprendesse qui, diretti ognuno verso la propria camera.»

«Lo so! Ma io non ne posso davvero più, William!» Sussurro ora, in modo quasi impercettibile, ma gesticolando come in preda a una crisi isterica. «Mi sembra di impazzire, sto vivendo con la paura di tradirmi ogni momento, che tutti si accorgano di noi, che tutti si rendano conto che io...»

Mi trattengo, posandomi la mano sulla bocca. No, dannazione! Cosa sto facendo? Cosa stavo per dire? Intanto mi sento avvampare, fino alla radice dei capelli, a tal punto che potrei quasi rischiare di andare a fuoco.

«Che tutti si rendano conto che tu...?» William, nonostante il mio tono di voce così sottile, è riuscito ad afferrare le mie parole. E ora mi fissa con un'espressione assorta e allo stesso tempo determinata, chiedendomi di proseguire la frase che ho lasciato in sospeso. «Che tu cosa, Daphne? Concludi ciò che stavi per dire, per favore.»

CAPITOLO 26

William

Le sue prossime parole potrebbero davvero cambiare tutto?

Non ne ho idea, ma ora me lo sto davvero chiedendo.

Daphne sospira e scuote la testa fin troppo energicamente, ma io la vedo arrossire. E mi fa piacere che il suo rossore sia causato da me, dalla mia presenza. O forse no, forse si sente davvero a disagio, in imbarazzo. Anche questo dipende da me, ne sono consapevole. A questo punto, però, non mi resterebbe altro da fare che allontanarmi e lasciarla in pace.

«Credo sia meglio che io torni giù.» Distolgo lo sguardo da lei e indico con un cenno il corridoio che mi porterà alla scalinata principale della villa e poi al piano inferiore.

«Sì, molto meglio.» Daphne concorda immediatamente. Capisco che non vuole più rischiare, nemmeno di scambiare con me qualche innocente parola di circostanza.

«Va bene.» Annuisco e indietreggio di un paio di passi, tornando però a posare lo sguardo su di lei. «Se è questo che vuoi, me ne vado.»

«Io... ho la sensazione che Amanda abbia intuito qualcosa...» Le parole che Daphne mi rivolge prima che io mi volti per allontanarmi da lei, mi colgono alla sprovvista. «O comunque ci è molto vicina.»

È vero. So che ha ragione. Lo strano comportamento di Amanda e poi il suo atteggiamento infastidito ne sono una chiara testimonianza.

«Lo so.» Sospiro e mi stringo nelle spalle. «Tu non la conosci, ma il punto è che... quando Amanda si mette in testa qualcosa...»

Daphne annuisce e socchiude gli occhi. Non è il caso di proseguire. Noto una strana tristezza, in lei, un'improvvisa malinconia che non so come guarire. Ho quasi l'impressione che abbia preso le mie parole come un affronto personale, come se io avessi voluto intenzionalmente mettere in luce la netta differenza tra lei e Amanda.

Si volta e se ne va, per avviarsi verso la sua stanza. Sollevo la mano per afferrarla, per fermarla. Qualunque cosa lei abbia recepito, non è ciò che io intendevo. Ma mi rendo conto che sarebbe inutile, ora, tentare di spiegare. Così posso solo lasciarla andare e tornare a combattere la mia personale battaglia.

Inutile negarlo. Ciò che mi ha attratto in Amanda, a parte la sua innegabile bellezza, è stata la sua personalità esuberante, inarrestabile, travolgente. Quello che non era Daphne, non allo stesso modo almeno, ai tempi della nostra storia. Solo che, in seguito, tutto in Amanda è diventato esagerato, eccessivo. Non mi è mai dispiaciuto, lo ammetto, però quando non ottiene ciò che vuole, quando le persone non si piegano e non corrispondono alle sue aspettative, manifesta atteggiamenti prepotenti e arroganti che faccio fatica a tollerare. Diventa addirittura esasperante, a volte. So che tutto fa parte della sua immagine, del suo modo di porsi. Ma non mi piace quando esagera, anche se mi costa ammetterlo.

Come mi costa, adesso, lasciare andare Daphne senza una degna spiegazione e raggiungere Amanda al piano inferiore. Solo per non destare in lei ulteriori sospetti.

«Oh, amore, eccoti qui!» Amanda mi raggiunge e afferra il mio braccio, appena mi vede oltrepassare l'ingresso del salone. «Ma dov'eri finito? Ti stavo cercando!»

«Da nessuna parte, sono solo uscito un attimo a prendere un po' d'aria.» Mento spudoratamente e sono quasi contento di farlo. Non mi importa nemmeno che lei se ne accorga. Anzi, mi sento talmente irritato nei suoi confronti che quasi mi fa piacere che capisca che le sto mentendo.

«Ah, se lo dici tu!» Infatti, stringe gli occhi e aggrotta la fronte con aria scontenta.

«Sì, lo dico io» replico a tono, per una volta. La fisso deciso, sfidandola con lo sguardo.

Amanda non replica, sospira e basta. Poi mi afferra per le braccia e sorride, ora con espressione ammiccante. Comprendo che anche lei non vuole andare oltre. Le piace mostrarsi irritata e stizzita per delineare la propria supremazia sugli altri o marcare il proprio territorio, ma non è mai pronta a una vera e propria "battaglia" e il più delle volte preferisce tirarsi indietro se comprende che non sarà in grado di vincere facilmente.

Io invece, incredibilmente, lo sarei. Questa volta più che mai. Non so nemmeno io perché. Avrei voluto che Daphne concludesse quella frase che le è sfuggita e ha lasciato in sospeso. Avrei voluto insistere ancora, fino quasi a costringerla, ma la verità è che mi aspettavo che mi dicesse esattamente ciò che io avrei desiderato sentire, da lei.

"Mi sembra di impazzire, sto vivendo con la paura di tradirmi ogni momento, che tutti si accorgano di noi, che tutti si rendano conto che io…"

Le sue parole, intanto, continuano a risuonare nella mia mente fino a confondermi, a lasciarmi senza fiato. Fino alla tentazione, ora sempre più irresistibile, di andarla a cercare, ovunque si trovi, e pregarla di concluderla davvero, quella maledetta frase, prima che anche io rischi di impazzire, proprio come lei!

Cosa voglio? Dire tutto? Raccontare la verità? Rischiare di farmi scoprire?

No, non credo. O forse sì, è esattamente quello che voglio, ma io sono un tale vigliacco, ormai, da non avere il coraggio di ammetterlo, nemmeno con me stesso.

Però c'è una verità che non so più nascondere. Una parte di me, forse nemmeno troppo impercettibile, troppo trascurabile, vorrebbe che ci scoprissero. Che scoprissero quello che c'è stato tra noi anni fa e che forse, in parte, c'è ancora. Anche a costo di causare un disastro. Perché in cambio potrei ottenere qualcosa che al momento mi sta davvero mancando terribilmente, fino al punto da farmi sentire sempre più oppresso. La libertà.

CAPITOLO 27

Daphne

Per quanto riuscirò ad andare avanti così?

Ancora per qualche giorno, mi rispondo da sola. Poi ce ne andremo da qui e tutto finirà.

Ma la verità è che non si tratta più di questa vacanza. Non si tratta nemmeno del fatto di aver rivisto William e delle difficoltà causate da Alan e Amanda.

Si tratta di me. Delle parole di William che, inevitabilmente, mi hanno ferita.

Io non sono come Amanda, non sono così audace, frizzante, determinata.

"Tu non la conosci, ma il punto è che… quando Amanda si mette in testa qualcosa…"

Le parole di William mi rimbalzano ancora una volta nel cervello.

Io non sono così. E a lui Amanda piace proprio così. Come non sono io.

Sospiro e mi siedo sul letto, stringendomi le ginocchia al petto. Sarei tentata di chiamare Janice o di mandarle un messaggio, soltanto per ricevere da lei una buona dose di autostima, che al momento mi manca del tutto. Però decido di evitare. La mia amica scaverebbe ancora più a fondo, costringendomi impietosamente a scandagliare tra i miei sentimenti… per William, per Alan…

Mi chiedo per quanto ancora sarò in grado di resistere, trascinandomi in questo fragile equilibrio di mezze verità e sentimenti celati. E, soprattutto, mi chiedo cosa accadrà quando la verità emergerà. Perché ormai ho capito che sarà inevitabile, non riusciremo a nasconderla ancora a lungo. Non restando entrambi qui.

Decido di stendermi prima che Alan mi raggiunga. Non voglio essere costretta a parlare, a rispondere alle sue domande. Così, quando arriva, chiudo gli occhi e fingo di dormire. Lo sento stendersi nel letto accanto a me, cercarmi, accarezzarmi con la mano, ma resto immobile, sforzandomi di mantenere gli occhi chiusi fino a quando si decide a spegnere tutte le luci, anche quella della lampada sul suo comodino.

Dormo poco, invece, la mia mente è dominata dalla confusione e dal timore di rovinare tutto a causa di un passato che preferirei davvero cancellare per sempre, senza stare di nuovo così male.

La mattina seguente, un cielo color perla abbraccia Fairfield Manor. La leggera coltre di neve, caduta durante la notte, si è trasformata in un velo ghiacciato che ricopre i sentieri e le aiuole, creando nuovi cristalli scintillanti sui rami spogli degli alberi. Il paesaggio sembra uscito da una cartolina invernale, con la villa che domina silenziosa nel suo elegante grigiore di pietra.

Quando le prime luci dell'alba filtrano attraverso la finestra, io sono già sveglia, reduce dalle mie poche ore di sonno. Lascio dormire Alan, mi lavo e mi vesto in silenzio, avvolgendomi in un morbido e caldo maglione di lana blu e indossando i miei comodi jeans. Poi scendo, faccio un giro intorno e mi trattengo a parlare con Ruben Grenville, il nostro gentilissimo e solerte concierge.

«Buongiorno, Ruben. Sono un po' in anticipo, questa mattina.» Mi giustifico, cercando di introdurre il discorso.

«Meglio così, signorina Daphne.» Mi sorride con aria complice. «Avrà quasi tutta la villa a sua disposizione, almeno per la prossima ora. E poi l'alba ci regala sempre spettacoli meravigliosi, qui a Fairfield Manor.»

«Sì, ho notato.» Annuisco convinta. Anche se non sono dell'umore per ammirare ciò che questo posto ha da offrire. E mi dispiace, lo ammetto. «Ne approfitterò, ho proprio bisogno di un po' di tranquillità.»

«Di qualsiasi cosa si tratti, passerà prima o poi.» Improvvisamente Ruben inclina il viso e mi osserva con i suoi occhi chiari e limpidi che spiccano sul volto magro e un po' rugoso. «Quasi tutto è risolvibile, se si osserva dalla giusta prospettiva.»

Non so cosa abbia compreso o intuito. Forse è talmente abituato a osservare le persone e i loro comportamenti che la mia aria stanca e afflitta non è passata inosservata al suo sguardo attento.

«Lo so, Ruben.» Sospiro e mi stringo nelle spalle. «Ma al momento non è facile. E io vorrei… vorrei fare la scelta giusta, ecco.»

«La scelta giusta, Daphne…» L'uomo anziano stringe leggermente gli occhi su di me e si porta una mano sul petto, a livello del cuore. «Io sono sempre stato convinto che la scelta giusta sia quella che ci fa stare bene, qui dentro.»

«Mmh…» Sento gli occhi pungere, mi mordo le labbra per non cedere al pianto. «L'ho sempre pensato anche io. Grazie, Ruben.»

«Fairfield Manor…» Sembra che Ruben abbia altro da aggiungere, invece si interrompe.

Annuisco e lo incoraggio a proseguire, restando ferma di fronte a lui, in attesa.

«Non lo dico perché ormai sono qui da tanti anni…» Ruben fa un respiro profondo, prima di continuare. «Ma io credo che Fairfield Manor, per qualche motivo, sia un luogo magico, in grado di far riemergere i sentimenti veri delle persone.»

Sospiro e annuisco convinta. «Potrebbe avere ragione, Ruben. Più di quanto creda.»

Lo saluto e mi allontano con un sorriso. La breve conversazione è servita almeno a rianimarmi. E inizio a pensare che nelle parole del nostro concierge ci sia un fondo di verità.

Forse questo posto era nel mio destino. Forse Fairfield Manor mi stava aspettando.

Dopo aver chiesto una tazza di tè in cucina e aver passeggiato per qualche minuto nel parco, mi rifugio in un salottino secondario, uno spazio più intimo, lontano dagli ambienti più affollati della villa. In cerca di un po' di solitudine, mi siedo su una poltrona imbottita davanti a una grande vetrata che dà sul giardino imbiancato.

Sorseggio lentamente il mio tè arancia e cannella, osservando il panorama oltre al vetro. Cerco di distrarmi, in qualche modo, ma non riesco ad allontanare il peso delle emozioni che mi gravano sul petto. Mi volto a guardare l'orologio a pendolo nella stanza. Ormai sono le otto passate, immagino che a breve Alan si aggirerà per la villa, pronto a organizzare la nostra giornata. In tutto il tempo che ho trascorso insieme a lui, ho imparato ad apprezzare il suo bisogno di avere tutto sotto controllo, ma ora devo confessare a me stessa che quel suo desiderio costante di programmare sempre tutto sta iniziando davvero a starmi stretto.

William Carter sta dominando i miei pensieri e non c'è modo che io riesca a soppiantare la sua inarrestabile presenza dentro di me, a rimuoverlo tentando di concentrarmi su altro. Mi sono portata anche un quaderno e una penna, per provare a immergermi nel lavoro, magari in qualche idea utile e produttiva. Non funziona, purtroppo.

Tengo ancora a lui, questo mi è chiaro. Anzi, non ho davvero mai smesso di tenere a lui, forse perché quando ci siamo lasciati la storia non era del tutto finita, da parte mia.

«Non mi è mai passata» sospiro tra me, sorseggiando il mio tè, mentre un brivido mi scorre lungo la spina dorsale.

Così, un frammento di verità inizia a farsi largo nel mio cuore, occupando sempre più spazio. I miei sentimenti per William non si sono mai davvero estinti, non del tutto, sono solo rimasti in disparte, in sordina, nascosti sotto ai pensieri di una nuova vita, un nuovo lavoro, un nuovo fidanzato.

Resto ancora per un po' nel salottino, determinata a sottrarmi alla vista degli altri. Poi mi rassegno, mi ricompongo, mi alzo e mi dirigo verso la sala da pranzo dove, come ogni mattina, viene servita la colazione. L'aroma di caffè e di pane tostato mi accoglie, mescolandosi alle voci degli ospiti della villa, già seduti al loro posto.

Il mio sguardo incontra subito quello di Alan, in piedi all'altro capo del tavolo. Mi scruta con un'espressione attenta ma allo stesso tempo pensierosa. Gli sorrido e lo saluto con un cenno della mano, accomodandomi al mio posto.

Edith mi accoglie con un sorriso, raccontandomi in poche parole del suo grande ingresso nel mondo dei social media.

«Non credevo che fosse così divertente!» Conclude entusiasta il suo resoconto. «Sto imparando qualcosa di nuovo, grazie a Charlotte e ad Amanda, e non è affatto male.»

«Sì, hai proprio ragione.» Mi impegno per seguire il suo discorso, tentando di incoraggiarla. «Vedrai che andando avanti prenderai sempre più confidenza. Non è così difficile.»

«È difficile, invece!» La voce, un po' alterata, di Amanda mi fa quasi sobbalzare. Non mi aspettavo di certo che mi contraddicesse con una tale veemenza. E nemmeno che stesse seguendo la nostra conversazione. «Molto difficile! Forse sarà facile per te e per chi non usa Instagram e altri social a livello professionale, ma per coloro che ci lavorano quotidianamente è davvero complicato organizzare tutto e ottenere risultati. Perché è di questo che si tratta, di ottenere risultati e riuscire a guadagnare, diventare un personaggio influente e non accontentarsi della mediocrità. È una guerra continua, quotidiana.»

«Certo, lo capisco.» Annuisco, mantenendo i toni pacati di una normale conversazione. Non ho di certo voglia di iniziare "una guerra continua, quotidiana" durante la prima colazione.

Per fortuna Charlotte interviene nella conversazione, alleggerendo l'atmosfera un po' troppo tesa.

«Divertirsi è comunque essenziale.» Sorride, addentando un croissant. «Altrimenti i risultati potrebbero comunque essere compromessi. I follower lo capiscono quando non siamo di buon umore. Okay, a volte serve anche un po' di dramma, ma solo per attirare l'attenzione!»

Annuisco, limitandomi ad ascoltare. Non ho proprio voglia di impegnarmi, visto che Amanda sembra davvero sul piede di guerra nei miei confronti e io vorrei impedirle di attaccarmi di nuovo. Non so dove sia William, ma non è seduto al tavolo della colazione.

Dopo aver preso soltanto un caffè con latte e una fetta di pane tostato con la marmellata, decido di allontanarmi dalla sala per prendere una boccata d'aria nel corridoio che si affaccia sul giardino interno.

Quando lo vedo, appoggiato al muro accanto a una delle porta-finestre, con il volto un po' stanco e l'espressione assente, forse dovrei girarmi e tornare sui miei passi, allontanarmi da lui. Invece proseguo imperterrita, pur sapendo che in questo modo dovrò affrontarlo, di nuovo.

«Buongiorno, Daphne.» Mi saluta, schiarendosi la voce. «Dormito bene?»

«No, per niente.» Decido di essere sincera e William accenna un sorriso, quasi compiaciuto.

È affascinante, nonostante l'evidente stanchezza, con i capelli scuri scompigliati e la felpa grigia che mette in risalto le sue spalle larghe.

«Allora non sono il solo…» Increspa le labbra e sospira. Noto, comunque, una vena di tristezza nei suoi occhi.

«No, non lo sei.» Mi guardo intorno. Per quanto vorrei restare con lui, non posso farlo. Non ora e non qui. Non dopo l'assurdo attacco di Amanda, di cui preferisco non parlargli. Forse sono io, forse sto esagerando solo per il fatto che non mi sento la coscienza a posto, sapendo di nascondere la verità. E non solo agli altri, anche a lui. «Faccio un giro, ci vediamo più tardi.»

Mi allontano in fretta, senza nemmeno attendere la sua risposta, senza guardarlo. Non posso permettere che ci sorprendano insieme, che mi vedano da sola con lui. Per il semplice fatto che temo di non essere in grado di controllare le mie reazioni. Non si tratta soltanto di Amanda e di Alan, ma di tutti quanti. Capirebbero che c'è qualcosa, tra di noi. O meglio, che c'è qualcosa da parte mia.

Nel frattempo, le parole di Ruben mi risuonano di nuovo nella mente, con un'intensità che mi lascia smarrita e confusa.

"…io credo che Fairfield Manor, per qualche motivo, sia un luogo magico, in grado di far riemergere i sentimenti veri delle persone."

È vero. Almeno per quanto riguarda me. È esattamente ciò che mi sta accadendo. Ma questo rischia di complicare tutto quanto. Non potendo garantire la mia totale indifferenza nei confronti di William, temo che i miei sentimenti per lui stiano diventando troppo evidenti.

Mi aggiro per alcune zone inesplorate della villa, quelle meno frequentate dagli ospiti, fino a trovare rifugio in un altro salottino in cui intravedo Edith. Mi avvicino e la vedo curiosare tra gli scaffali di una libreria antica.

«Cosa stai cercando?»

«Qualche edizione rara.» Edith sorride ed estrae un volume dalla libreria. «Mi interessano sempre i libri antichi.»

Annuisco appena, restando in silenzio. All'improvviso sento un nodo che mi stringe la gola, sempre di più. A tal punto che, se parlassi, rischierei di scoppiare a piangere. Così, senza apparente motivo.

«Daphne, tutto okay? Sembri un po'…» Edith sgrana leggermente gli occhi, sembra alla ricerca della parola adatta poi decide di lasciar perdere e rivolgermi una domanda più diretta. Mostra comunque una sincera preoccupazione nei miei confronti. «È successo qualcosa?»

«No, io…» A questo punto mi sento obbligata a rispondere, ma non so come proseguire senza tradire le mie emozioni.

«Se hai bisogno di parlare, io sono qui.» Edith mi incoraggia ancora, sfiorandomi la spalla con una carezza delicata.

«Grazie, Edith. Lo apprezzo molto.» Fortunatamente riesco a riprendere il controllo di me stessa, la disponibilità di Edith mi incoraggia a proseguire. Non posso raccontarle la verità riguardo a William, ma cerco comunque di farle capire come mi sento. «Sono un po' in conflitto, ultimamente. Mi sento in trappola, ho la sensazione di non stare più bene con me stessa. Ci sono vecchie emozioni che stanno tornando a galla e io non so come gestirle.»

«Capisco. A volte, certi sentimenti non scompaiono del tutto. Si nascondono, si mimetizzano e poi tornano a sorprenderci quando meno ce l'aspettiamo.» La risposta di Edith mi lascia sconcertata, anche se mi rendo conto che ha seguito semplicemente il mio discorso, pur restando all'oscuro dei dettagli. «Però parlarne potrebbe aiutare. Magari con Alan o... con chiunque si trovi al centro dei tuoi pensieri in questo momento.»

Mi sento attraversare da un brivido. Se solo Edith sapesse quanto si sta avvicinando alla verità!

Tento di sviare il discorso, per quanto possibile. «Hai ragione, parlare aiuta. Ma può essere complicato, in base alle circostanze... quando una scelta non dipende soltanto da noi, ecco.»

Edith annuisce, comprensiva. «Lo so, Daphne. Ti capisco, fin troppo bene.»

Mi sento grata per la sua presenza, per il suo aiuto. Soprattutto mi sento grata per la sua scarsissima invadenza, per il suo modo di essere riservata e disponibile, al tempo stesso.

«Si sistemerà tutto.» Sorrido, più fiduciosa, rammentando anche le parole incoraggianti di Ruben. «Forse non nel modo che vorrei, però... riuscirò a superare anche questo. Del resto, non sarebbe nemmeno la prima volta.»

CAPITOLO 28

William

Questa vacanza a Fairfield Manor sta diventando sempre di più un conto alla rovescia, almeno per me. E non in vista del Capodanno, ma di altro. Anche se non so nemmeno io cosa aspettarmi una volta fuori da qui.

Ho l'assurda sensazione di essere finito in una specie di gioco di ruolo in cui un determinato numero di ospiti viene "rinchiuso" in una casa ed è costretto a interagire con altri, per lo più estranei. In un certo senso è davvero così, e posso ringraziare Amanda per questo. Forse sarebbe stato addirittura divertente. Solo che, tra gli estranei, mi è capitata anche Daphne Hamilton.

Quando, inaspettatamente, George e Jason lanciano agli ospiti l'idea di preparare insieme un pasto improvvisato utilizzando la cucina della villa, decido di cogliere l'occasione per rilassarmi e distogliermi un po' dalla pressione delle ultime ore.

Anche Alan si dimostra entusiasta, così buona parte dei partecipanti si posta nella spaziosa cucina di Fairfield Manor. È un luogo meraviglioso, almeno per me, con un grande tavolo da lavoro al centro, ampie finestre che lasciano filtrare la luce e mensole cariche di spezie, pentole in rame e ciotole di varie dimensioni.

La cucina è il mio ambiente, non posso lasciarmi sopraffare da questa assurda malinconia che mi fa sentire avvilito e stanco. Sono determinato a prendere in mano la situazione, ho bisogno di concentrarmi su qualche attività creativa. Mi accordo con George e Jason su un menù semplice ma nutriente e ci mettiamo all'opera nel preparare una pasta al forno ai formaggi e una zuppa di verdure miste.

Amanda, che nel frattempo mi ha raggiunto, segue la scena appoggiata al bancone, limitandosi a filmare con il cellulare i vari passaggi della preparazione. Non si dimostra entusiasta di cucinare insieme agli altri, preferisce stare "dietro alle quinte".

«Io riprendo tutto, così avremo una testimonianza della vostra grande impresa.»

Nessuno si mostra particolarmente lusingato all'idea di lasciarsi riprendere da lei ma, allo stesso tempo, nessuno osa opporsi, nemmeno Alan che accoglie la proposta di Amanda con una scrollata di spalle.

Qualche minuto più tardi Daphne ci raggiunge, insieme a Edith e a Charlotte. Edith si offre di pelare le patate per la zuppa e Charlotte viene incaricata di affettare il pane. Daphne, invece, si trattiene in disparte, cercando di non attirare troppo l'attenzione. Non credo che il suo problema sia la scarsa volontà di collaborare, quanto la reticenza a circolare nella mia orbita.

Decido di infischiarmene di tutto e di tutti, in parte anche della sua titubanza ad avvicinarsi a me, e di sfidare la sorte.

«Daphne…» Richiamo la sua attenzione, senza preoccuparmi di farmi notare anche dagli altri. «Ti va di aiutarmi a preparare la salsa per la pasta al forno? Scommetto che sei più brava di quanto credi, in cucina.»

«No, io…» sospira, si morde le labbra per un breve istante. Poi annuisce e si avvicina a me anche se, con lo sguardo, sembra fermamente intenzionata a uccidermi. «Va bene, ma non ti prometto nulla di buono.»

«Correrò il rischio!» Le strizzo l'occhio, indifferente alla sua velata minaccia. «Sono abbastanza abituato ai disastri.»

In questo preciso istante mi rendo conto di essere veramente stanco. Stanco di fingere, soprattutto. Allo stesso modo mi rendo conto che non me ne frega più niente di essere scoperto, di svelare la mia storia con Daphne. Mi trattengo solo per lei, per non esporla, per non metterla in imbarazzo. Non mi importa nemmeno della probabile sfuriata di Amanda, del rischio di perderla. Se così sarà, me ne farò una ragione.

Daphne non replica, resta in attesa. Comprendo il suo disagio. Si è sentita obbligata a raggiungermi solo per non creare ulteriore disagio con un rifiuto. Così, segue diligentemente le mie indicazioni, mescola con cura, cercando però di evitare i miei sguardi, per quanto possibile.

In qualche modo terminiamo la preparazione e trasportiamo tutto il cibo sul grande tavolo della sala da pranzo. Questa volta si tratta di un pasto molto meno formale di quelli organizzati per noi nei giorni precedenti.

Prendiamo posto un po' dove capita, Daphne come al solito si siede accanto a Edith e io mi sistemo proprio di fronte a lei, incurante di tutto il resto. Mentre gli altri apprezzano la pasta al forno che abbiamo preparato, Amanda convince George a spostarsi e prende posto accanto a me.

Questo non fa che accrescere la tensione di Daphne che mantiene lo sguardo fisso sul piatto, sollevandolo soltanto per interagire con Edith e con Charlotte, posizionata all'altro lato. Insomma, come se io proprio non esistessi.

Forse non si rende conto che così sta solo contribuendo a peggiorare la situazione, ad amplificare il "dramma", come se ci fosse davvero qualcosa da nascondere.

Ormai, comunque sia, siamo vicinissimi a superare il punto di non ritorno visto che, oltre ad Amanda, ho la sensazione che anche Edith e Charlotte stiano diventando sospettose nei nostri confronti. Io stesso percepisco che la corrente emotiva tra me e Daphne sta diventando palpabile, in modo sempre più evidente. Che se ne stiano accorgendo tutti cambia poco le cose, visto che la situazione è destinata a esploderci tra le mani da un momento all'altro.

Dopo pranzo, riportiamo tutto in cucina. Mentre Daphne ed Edith si offrono per sciacquare i piatti e sistemarli nella lavastoviglie, io colgo l'occasione per girare intorno e avvicinarmi di nuovo. Nel frattempo, Alan sta discutendo con Clay e Amanda sta controllando con Charlotte l'andamento delle sue collaborazioni con dei nuovi marchi.

Mi è sufficiente un'occhiata allusiva per richiamare l'attenzione di Daphne che mi segue verso la porta-finestra della cucina.

«Si può sapere cosa stai cercando di fare?» bofonchia irritata, guardandosi intorno.

«Nulla.» Punto lo sguardo su di lei, sulle sue guance arrossate e sui suoi capelli trattenuti da una molletta sulla nuca ma che le ricadono un po' scompigliati sulle spalle. «Sto solo cercando di comportarmi nel modo più naturale possibile. Cosa che dovresti fare anche tu, se vuoi un consiglio.»

«Io non voglio proprio niente, da te» risponde, stizzita. «Visto che per qualche ignoto motivo sembra che tu stia provando di tutto per farci scoprire!»

«Ah, certo!» Incrocio le braccia al petto, alzo gli occhi al cielo. «Invece evitarmi come la peste e non guardarmi in faccia nemmeno quando ti sono seduto di fronte è una tattica sicura per evitare che qualcuno pensi che c'è qualcosa tra noi?»

«C'è stato.» Mi corregge immediatamente. Poi scuote la testa, sospira e si muove, decisa a prendere le distanze e allontanarsi.

Non capisco. Anzi, sì. Capisco fin troppo che Daphne è arrabbiata con me. Non ne comprendo il motivo, però. La trattengo per un braccio, impedendole di andarsene.

«Perché sei arrabbiata?» Punto gli occhi nei suoi, anche se lei cerca di distogliere lo sguardo. «Rettifico. Perché sei arrabbiata con me?»

«Forse perché lo sono da anni, in fondo.» Mi risponde, restando sul vago. «E adesso lasciami andare. Io non sono decisa, frizzante, irresistibile... Ma voglio comunque andarmene, allontanarmi da te. Almeno questo mi sarà concesso, vero?»

«Sei gelosa.» Non faccio nemmeno in tempo a pronunciare le due parole, che Daphne sgrana gli occhi su di me. Se ho pensato che prima volesse uccidermi con lo sguardo, mi sbagliavo. L'occhiata di prima non è nulla in confronto ai lampi furiosi che mi sta scagliando addosso ora.

«Vaffanculo, Liam!» Liam. Il modo in cui mi chiamava lei quando… quando, appunto. «E lasciami andare! Subito!»

«Mi sei mancata, Daffy.» Le lascio andare il braccio, la libero dalla mia stretta. Ma non posso distogliere lo sguardo da lei, non posso evitare di sentirmi avvolgere dalla sua presenza. «Mi sei mancata al punto che ho l'impressione di tornare a respirare dopo aver vissuto anni in apnea.»

Nonostante l'abbia liberata, rimane immobile, ferma di fronte a me. Non accenna nemmeno a spostarsi o a indietreggiare.

«Io non…» Il suo sguardo all'improvviso diventa triste, un po' perso. Socchiude appena gli occhi. Sembra aver perso l'energia sufficiente per controbattere o insultarmi.

«Per te non è lo stesso, capisco.» Annuisco brevemente, poi distolgo lo sguardo da lei, passandomi una mano tra i capelli.

«No, io volevo dire…» Si morde le labbra. Non avrei voluto metterla in difficoltà, non così. Non qui, soprattutto. Ma ora vorrei soltanto sapere cosa le sta passando per la testa. «Io non capisco perché ci sei rimasto, allora.»

«Nemmeno io, a dire il vero.» Inutile recriminare, preferisco assumermi le mie responsabilità. «L'unica giustificazione che posso trovare a me stesso è che… immagino di non essermene mai accorto prima. Mi trascinavo, in qualche modo, e mi andava bene. Fino a quando sono arrivato qui e la situazione è… precipitata, diciamo.»

«Io non mi sono sentita in apnea.» Inaspettatamente Daphne prende la parola. Mi sembra di leggere qualcosa di nuovo, nei suoi occhi. Qualcosa che somiglia alla comprensione. «Ma in una specie di trappola perfettamente organizzata, questo sì. Quindi immagino sia più o meno lo stesso.»

Annuisco convinto. E ora vorrei accarezzarle le braccia, vorrei stringerla, ma non posso. Così restiamo bloccati qui. Uno di fronte all'altra, a guardarci negli occhi. Non so cosa potrebbe sembrare, dall'esterno. A questo punto non me ne curo. Non me ne curo più. Mi rendo conto che fingere ha solo peggiorato le cose, tra di noi, amplificandole fino all'eccesso.

147

«Sì, credo anch'io.»

«Però...» Daphne sospira, si passa rapida una mano sulla fronte.

«Però cosa?»

«Lui... con lui io...» Non comprendo dove voglia arrivare, le comunico con un cenno di proseguire. «Io posso sperare in qualcosa di ben definito... in una storia seria, ecco.»

«E con me...» Deglutisco a fatica. È questo che mi sta dicendo? È questo che ha sempre pensato? Con me invece no?

Non risponde, non riprende il discorso. Si limita a stringersi nelle spalle, distogliendo lo sguardo dal mio.

«Meglio che vada.» Indica l'interno della cucina con un cenno. Non attende la mia risposta, pochi istanti e se n'è già andata.

«Va bene» dico tra me, quando ormai lei non può sentirmi.

Invece non va bene proprio niente. Non va bene perché, per un istante, avrei voluto abbracciarla, stringerla forte a me, baciarla anche... E vedere i suoi occhi illuminarsi, ancora una volta, solo per me.

È tutto vero. Quello che ho detto a Daphne è tutto vero. Sono tornato a respirare, grazie alla sua presenza. E vorrei continuare, per quanto possibile. Ma questo a cosa ci porterà? Cosa porterà a me, soprattutto? Se lei ha sempre pensato di stare con me a tempo perso...

Conosco la risposta ma non oso esprimerla, nemmeno con me stesso, nemmeno nella mia mente. È tutto troppo dannatamente complicato, ora. Non si può rimpiangere il passato e pretendere di tornare indietro per costruire un presente più affine ai miei desideri, alle mie speranze. Semplicemente, non si può.

CAPITOLO 29

Daphne

Di una sola cosa sono certa. William Carter non sconvolgerà la mia vita. Non di nuovo.

Nonostante le sue parole, e anche le mie, io non gli permetterò di insinuarsi nella mia esistenza e… e stravolgerla, proprio come sa fare lui. Come ha fatto così bene tanti anni fa.

Dopo essermi allontanata da lui sono andata a rifugiarmi in veranda, almeno per qualche minuto. Sento un nodo in gola, sono sul punto di esplodere. Per un attimo ho avuto paura di non essere più in grado di controllarmi, di resistere. Avrei voluto dirgli che ho ancora bisogno di lui, in un modo assurdo, illogico, esagerato… che non so nemmeno quantificare o giustificare a me stessa. Fargli capire quanto è stato importante, per me. E infine aggiungere il peggio… e il peggio è che non sono mai stata in grado di dimenticarlo. Non davvero e non del tutto.

Ma dire la verità, anche soltanto a lui, per me significherebbe precipitare verso l'abisso, di nuovo. Lo stesso abisso in cui mi ero sentita sprofondare quando ci siamo lasciati, tanto tempo fa. Ho impiegato anni a riprendermi in modo abbastanza dignitoso. A farmene una ragione, una volta per tutte.

E ora questo poco tempo che ci rimane, che ci separa da Capodanno, a me sembra amplificato all'infinito. Vorrei che fosse già tutto concluso, in modo da essere davvero libera di andare.

Ma con il passare dei minuti, delle ore, le bugie e i silenzi iniziano a pesare sempre di più, su di me. Come se non bastasse, William non mi sta più aiutando, anzi sembra stia volontariamente cercando di sabotare il nostro piano di non svelare nulla sul nostro passato.

Forse lui preferirebbe dire la verità e togliersi il problema di dosso, una volta per tutte. Ma io credo che sarebbe una pessima idea. Ormai manca davvero poco alla fine di questa vacanza che, per me, sta diventando sempre più forzata.

Anche ciò che sto provando ora è una pessima idea. Non posso lasciarmi trascinare dal rimpianto e travolgere da un sentimento che, nel mio cuore, non si è mai spento, come un fuoco che ha continuato ad ardere inarrestabile sotto la cenere.

Non posso, davvero. E non si tratta soltanto della circostanza in cui siamo costretti ora. Non potrò nemmeno fuori da qui. Non voglio permettere a niente e a nessuno di farmi ancora male, di farmi sentire inutile, inadeguata.

A nessuno, mai più. Nemmeno a William Carter.

**

Il crepuscolo avvolge Fairfield Manor con gradazioni di viola e oro, riflettendosi sul sottile strato di neve che circonda la villa come un tappeto silenzioso e donandomi l'impressione di uno scenario magico. In lontananza, un vento leggero fa danzare i rami spogli degli alberi e solleva piccoli turbini di fiocchi bianchi, mentre l'interno della tenuta si prepara a un'altra serata che, almeno nelle intenzioni, promette eleganza e allegria.

Seduta di fronte allo specchio antico della mia camera, mi sistemo i capelli, raccolti da entrambi i lati, lasciandoli cadere sulle spalle. Ho scelto un abito azzurro, abbastanza morbido sui fianchi, con un piccolo scollo a cuore.

Mi sento sempre più inadeguata, gli abiti eleganti e l'atmosfera formale sono un copione che non so più recitare. A tal punto che una parte di me, in questo momento, preferirebbe rifugiarsi in un maglione oversize, scendere in cucina e preparare un panino.

Nella grande sala da pranzo il personale preposto al catering, tornato in servizio dopo la nostra incursione in cucina, si muove agile e veloce per sistemare piatti, bicchieri e posate. Le candele, disposte su candelabri in ferro battuto, illuminano l'ambiente con bagliori soffusi, mentre un delicato sottofondo di musica classica si diffonde nell'ambiente.

Mi trattengo un po' in disparte per non essere d'intralcio, mentre Alan, con il suo completo scuro, passa in rassegna tutta la disposizione della sala con aria vigile. Si comporta quasi come se fosse il padrone della villa, mentre i suoi occhi grigio-verdi, di solito sicuri, tradiscono un'inquietudine sottile che probabilmente gli altri non riusciranno a notare, ma io sì. L'ho compreso già da un po' e da quel momento ho cominciato a sentire un nodo alla gola, una tensione quasi opprimente, ogni volta che i nostri sguardi si incrociano.

Abbozzo un sorriso, cerco di fare del mio meglio, mentre attendiamo l'arrivo degli altri. Quando gli ospiti iniziano a confluire nella sala principale, tutto è pronto per la cena. Peccato che io abbia lo stomaco completamente chiuso.

Mi avvicino ad Alan e, come da copione, cerco di non incontrare lo sguardo di William. Però, squadrandolo di sfuggita, non posso fare a meno di ammirare l'eleganza della sua figura, con la camicia bianca abbinata al completo blu notte, e i suoi capelli ora pettinati accuratamente all'indietro.

Sto davvero facendo del mio meglio, ma sono attratta a lui come da un magnete, non riesco quasi a evitarlo. Lo vedo parlare con George, poi fissarmi, interrompersi per un istante e sbattere le palpebre. Sorrido a entrambi, un sorriso quasi sciocco, senza importanza, come se fosse la cosa più naturale del mondo. Come sorriderei a chiunque, insomma.

Infine, prendiamo posto a tavola, questa volta secondo una speciale disposizione pianificata da Alan. Mi ritrovo accanto a lui, ovviamente, e lo osservo mentre si alza per attirare l'attenzione degli ospiti, come se fosse sul punto di annunciare un grande evento.

«Buonasera a tutti, grazie di essere stati puntuali per questa serata. È un onore per me ospitarvi in questa splendida villa.

Desidero brindare ai momenti speciali che stiamo condividendo e alla splendida conclusione di un anno ricco di soddisfazioni...»

Parole inutili, parole vuote, soprattutto perché la voce di Alan tradisce una solennità che risulta troppo formale, artefatta. Non comprendo perché si stia ostinando a mostrarsi così, come un perfetto pianificatore senza il minimo interesse umano nei confronti delle persone. Pretende soltanto che tutto vada bene. Anzi, che tutto proceda in base alla sua organizzazione dettagliata, trattando i presenti come meccanismi di un precisissimo ingranaggio, non come esseri umani.

Il vero problema è che tutti ormai sembrano aver capito che così non funziona. Tutti, tranne lui. E forse, a questo punto, toccherebbe a me fare in modo che si renda conto della situazione. Mi sento in colpa. Ho compreso che sta esagerando con il rigore e con le formalità ma lo lascio fare, come se non mi importasse. Solo perché preferisco non discutere con lui, non avere problemi.

Nel frattempo, sento lo sguardo di Edith che mi osserva con un misto di tristezza e compassione. Anche William, dall'altra parte della tavolata, mantiene un'espressione tranquilla, ma le sue labbra serrate rivelano noia, disagio. Persino George, che di solito non disdegna i brindisi e le attenzioni, sembra infastidito, questa volta. Ed è decisamente più interessato al cibo che sta per essere servito che alle parole di Alan.

Tutti obbediscono, in ogni caso, sollevando i bicchieri in un corale tintinnio che riecheggia nella sala. In quel suono di vetri, il mio sguardo per un attimo incontra quello di William ma lo distolgo immediatamente, cercando di non lasciarmi afferrare dai suoi occhi che sembrano volermi analizzare, indagare nel profondo.

Mentre la cena viene servita, Amanda si mostra sempre più decisa a focalizzare l'attenzione generale su se stessa riprendendo i piatti che vengono presentati e i suoi commenti in proposito per quelle che lei definisce delle "live stories" da condividere su Instagram. Così, si alza di continuo con il cellulare, come per rivolgersi a una platea virtuale.

«Eccoci qui, miei cari amici, nella meravigliosa Fairfield Manor, dove stiamo per gustare questo secondo piatto fantastico e stuzzicante, guardate che meraviglia!»

Charlotte, divertita ma anche un po' irritata, cerca di assecondarla, Edith invece si sforza per evitare di essere inquadrata ma senza rischiare di offendere Amanda. Gli altri, per lo più tentano di ignorarla oppure di nascondersi voltando il viso dalla parte opposta.

Ma la vera conseguenza di questo tentativo di monopolizzare l'attenzione è che William, seduto accanto ad Amanda, appare visibilmente a disagio. Infatti, non riesce a scambiare due chiacchiere con nessuno senza che la sua ragazza lo richiami davanti all'obiettivo, chiedendogli di fare un saluto ai suoi follower o di contribuire a commentare un piatto che ci viene servito.

Osservando la situazione, mi sento attraversare da una morsa di insofferenza. Perché William non si ribella una volta per tutte? Perché Amanda è diventata così insistente questa sera? Ma soprattutto… perché io ora mi sento così in colpa nei suoi confronti, quasi come se fossi la responsabile di una situazione che, in fondo, è stato lui a creare?

È stato lui a scegliere Amanda. Come io ho scelto Alan.

Quindi, in questo momento, siamo entrambi costretti a convivere con le nostre scelte. Ed è perfettamente inutile scambiarci questa serie di patetiche occhiate. È inutile commiserarci. Dobbiamo portare avanti questo assurdo spettacolo. Sperando che il sipario cali al più presto e la nostra recita abbia fine.

CAPITOLO 30

William

La situazione, almeno per me, sta diventando sempre più snervante. Anzi, peggio, insostenibile.

Amanda non sembra intenzionata a darmi tregua. E non dà tregua nemmeno a se stessa. Non capisco cosa le sia preso, per quanto inarrestabile e ambiziosa nel suo lavoro e nella sua smania di conquistare nuovi follower, non è mai stata così, non ha mai oltrepassato certi limiti. Anche Charlotte sembrava perplessa.

Una volta terminata la cena, cerco di seguire Daphne con lo sguardo. Mi sento sul punto di esplodere e di raccontare tutto. Solo per togliermi un peso. Anzi, per la verità il mio proposito è molto più distruttivo.

Da una sua breve occhiata, ho la sensazione che lei stia pensando lo stesso. Anzi, che lei tema che io metta davvero in pratica il mio proposito e attenda con ansia l'esito della mia follia. Vorrei accontentarla, ma ovviamente mi trattengo.

A parte lo stravagante e inquietante scenario in cui ci ritroviamo immersi, so che proviamo la stessa cosa. Forse mi sto illudendo, ma ho la netta sensazione che io e Daphne dovremo riprendere un discorso lasciato interrotto da troppo tempo.

Tento di avvicinarla sfruttando un momento di quiete nel salone principale, ma lei mi sfugge con una rapidità quasi innaturale. La vedo sgranare gli occhi come per suggerirmi di mantenere le distanze e di non sognarmi nemmeno di mettere in atto ciò che mi attraversa la mente.

Voltando leggermente lo sguardo mi accorgo della presenza di Amanda alle mie spalle.

«William, tesoro, avrei bisogno di te per una piccola intervista da registrare insieme!»

Deglutisco insofferente, sospiro rassegnato. No, non di nuovo!

«Amanda, possiamo rimandare a più tardi?»

«Ma come... è già tardi! Sono le nove di sera! Se aspettiamo ancora...» Incupisce lo sguardo e stringe gli occhi, che le diventano all'improvviso lucidissimi.

No, non posso lasciare che si metta a piangere. Anche perché non è da lei. In ogni caso se sta cercando di farmi sentire in colpa, ci sta riuscendo benissimo.

«Okay, facciamo questa piccola intervista.»

Non proseguo oltre. Devo soltanto lasciare che lei si serva di me, come di un pupazzo pronto a compiacere ogni suo desiderio. Ma è sempre stata così? Provo a pensarci. No, non sarei riuscito a sopportarla. A meno che la questione mi sia diventata all'improvviso così evidente a causa di... a causa di Daphne, ecco!

Non posso pensare che Amanda abbia subito una trasformazione così radicale nel giro di pochi giorni. Quindi devo essere io. Io che ora considero insopportabile ciò che fino a qualche tempo fa trovavo adorabile.

In seguito alle mie parole, Amanda ritrova immediatamente il sorriso e mi bacia sulle labbra con un trasporto esagerato. Ricambio, accarezzandole la schiena con la mano.

Vorrei che non ci fosse, ma sono consapevole del fatto che Daphne si trova ancora dietro a noi. Spero non ci stia osservando, anche se mi rendo conto che la mia è solo una misera illusione.

Mi volto e la vedo. Ci sono anche gli altri, compreso Alan, ma per me conta solo lei in questo momento. La situazione sta diventando sempre più insostenibile. A tal punto che, quando George ci rammenta che il nuovo anno è ormai alle porte, accolgo la "notizia" con sollievo. Perché significa che, almeno per me, questo incubo sta per finire.

Il gruppo degli organizzatori propone di mettere un po' di musica nel salone principale così che, chi lo desidera, possa ballare.

«Sì, fantastico! C'è talmente tanto spazio!» Charlotte sembra entusiasta all'idea e anche Amanda non si tira indietro.

«Davvero, ho proprio voglia di ballare!» Si aggrappa al mio braccio, entusiasta.

Annuisco e assecondo Amanda, anche se con un sorriso un po' tirato. Per lo meno, forse mi sarà risparmiata la "piccola intervista" che stava progettando di registrare insieme a me. Anche se vorrà ballare. E riprendere anche me, ovviamente.

Pochi minuti dopo, George inserisce la sua playlist nello stereo. Un misto di musica rock e pop scelta da lui. Il salone, già spazioso, viene parzialmente liberato dai tavoli più piccoli, lasciando un'area sufficiente per ballare. Charlotte fa subito partire una diretta Instagram, riprendendo Edith che si muove timidamente a ritmo di musica incoraggiata da George, mentre Jason, Clay, Laura e altri sorseggiavano un drink in un angolo, osservando divertiti la scena.

Spero che Amanda segua l'esempio di Charlotte riprendendo coloro che hanno deciso di aprire le danze, così da scampare il pericolo; invece, mi trascina in mezzo al salone, impegnandosi per insegnarmi qualche mossa da girare davanti all'inquadratura. Cerco di assecondarla, ma mi sento rigido come un manichino. La verità è che non faccio proprio nulla per provare a sciogliermi, anzi in questo momento vorrei soltanto uscire da qui per andare a prendere una boccata d'aria.

Tra gli altri, anche se dall'altra parte della sala, intravedo Alan prendere la mano di Daphne quando la musica inizia a cambiare e dal pop scivola gradualmente verso un lento. *I'll stand by you* dei Pretenders. Una delle nostre canzoni, neanche a farlo apposta, che ora sembra assumere un significato ancora più profondo, almeno per me.

Daphne comunque accetta l'invito e sorride, circondandogli il collo con le braccia. Quando però si trova rivolta nella mia direzione, i nostri sguardi si incrociano e restano come allacciati, intrecciati, fino a quando lei si distoglie da me con uno scatto quasi brusco per nascondere il turbamento che percepisco nei suoi occhi.

Provo un fastidio esagerato che mi sforzo di controllare. Soprattutto quando Alan l'afferra per la vita e poi passa entrambe le mani sulla sua schiena, attirandola ancora di più a sé in modo da farla aderire quasi completamente al suo corpo.

Per fortuna dopo il lento la musica torna ad assumere un certo ritmo e Daphne si scioglie dalla stretta, guardandosi intorno un po' confusa per poi avvicinarsi a Edith e a George. Alan la segue e resta insieme a loro, cercando di muoversi ma con scarsa confidenza con i passi.

Mi volto e prendo le distanze dal gruppo dove si trova Daphne, preferisco evitare di sottopormi ulteriormente al disagio di vederla tra le braccia di Alan. Mentre Amanda è ancora impegnata con le sue riprese, ne approfitto per defilarmi e uscire sul terrazzo.

Cerco il cellulare nella tasca e seleziono il numero di Mark.

«Ehi, socio! Stavo iniziando a darti per disperso!» Il suo tono allegro mi strappa un sorriso. «Se non fosse che il profilo Instagram di Amanda sta quasi esplodendo di foto, dirette e non so che altro!»

«Non me ne parlare, per favore!» Lo supplico, mentre percepisco la sua risata dall'altro capo.

«Va bene, per il momento ti lascio in pace.» Mark cerca di trattenersi. Ha sempre considerato Amanda un po' eccessiva e, ora che ci penso, mi rendo conto che forse non ha tutti i torti. «Ma il discorso è solo rimandato, ricordalo.»

«Ecco, bravo! Tormentami quando sarò finalmente in salvo!» Non sono mai stato il tipo che si confida con le persone. Nemmeno con gli amici, a dire il vero. Per il lavoro e gli affari forse sì, ma quasi per nulla riguardo alle faccende personali o sentimentali. Provo sempre un certo imbarazzo che mi blocca, però... «Mark... se stessi per fare una cazzata...»

No, no! Cosa sto cercando di chiedergli?

«Okay, William... di cosa stiamo parlando, esattamente?»

«Di niente, scusami.» Mi tiro indietro. Sarebbe un discorso troppo lungo e complesso da affrontare al telefono. «Fai finta che non abbia detto nulla.»

«Niente non sarà, se hai iniziato a parlarne.» Ecco, il solito inappellabile senso logico di Mark O'Kelly. «Facciamo così... descrivimi almeno l'entità della cazzata.»

«Una colossale cazzata.»

«Va bene, però questa colossale cazzata... è ciò che vuoi davvero?»

Sospiro e mi muovo verso il balcone, quasi tentato di saltare giù e sparire nell'oscurità. Non rispondo alla domanda.

«William?» Mark alza la voce, forse teme che sia caduta la linea o che io abbia riagganciato. «Ci sei ancora?»

«Sì, Mark. È ciò che voglio davvero. Ma non posso farlo. Non posso. Non si tratta soltanto di me.»

***

Rientro nel salone. Non so fino a che punto parlare con Mark mi sia stato utile, ma di certo avevo bisogno di staccare un po'.

E di ammettere la realtà dei fatti. Non sopporto di vedere Daphne insieme ad Alan. Non sopporto che lui la tocchi, che la stringa a sé in quel modo, che... Insomma, a tutto il resto non riesco nemmeno a pensare. Ma il problema è che, ogni istante che passa, la mia sensazione di insofferenza cresce a dismisura.

Non dovrei sentirmi così infastidito, mi rendo conto. Non dovrei sentire tante cose che invece sento, questa è la verità! Però non sono in grado di reprimermi, di controllarmi. È come se la mia mente cercasse di guidarmi verso la ragione e il mio cuore invece... il mio cuore è sempre più confuso, frustrato, avvilito. E di certo non è il buon senso a vincere la battaglia.

Mentre la musica prosegue, per me diventa sempre più faticoso adeguarmi alla situazione, allo spirito festoso che mi circonda. Cerco comunque di forzarmi per non seguire continuamente Daphne con lo sguardo, anche solo per controllare che tutto vada bene, che si stia divertendo.

Sono uno stupido, mi rendo conto. Resta comunque il fatto che manca un giorno, uno solo, a Capodanno. Poi finalmente questo tormento finirà, torneremo a casa e... E forse finirà anche altro, forse torneremo in noi, non più succubi di questa strana ma implacabile nostalgia che ci ha afferrati qui a Fairfield Manor.

Potrebbe benissimo essere tutto condizionato dall'atmosfera, quasi magica, della villa di campagna, dall'immersione forzata nel passato, dalla sorpresa di esserci rivisti e ritrovati qui dopo anni.

Forse tutto questo non è reale, insomma. Magari è dovuto semplicemente al modo in cui ci siamo lasciati, quando la storia non era ancora del tutto conclusa e i sentimenti erano ancora radicati dentro di noi. Ecco, questo incontro inaspettato potrebbe essere la chiusura definitiva di cui entrambi avevamo bisogno.

Cerco di distogliere lo sguardo da Daphne, una volta per tutte. Manca soltanto un giorno, ormai. Un giorno per dire addio per sempre al mio passato e aprirmi completamente al presente, com'è giusto che sia.

Sospiro e percepisco una strana oppressione al petto. Non dolorosa ma comunque sgradevole, molesta. Non riesco a capire da dove provenga. Di certo non vedo l'ora di andarmene da qui e tornare a Londra, al mio lavoro e alla mia vita di tutti i giorni.

Non è colpa di Fairfield Manor, ovviamente, e nemmeno delle persone che ho incontrato qui. Dipende da me, dalle mie sensazioni di inadeguatezza, dall'errore in cui sono caduto, insieme a Daphne, nascondendo la verità.

Ancora un giorno. Un solo giorno e poi non sarò più costretto a fingere. Un giorno. Un giorno e perderò di nuovo Daphne. Per la seconda volta e forse per sempre.

CAPITOLO 31

Daphne

Finalmente siamo giunti al termine di questa vacanza che per me si è rivelata più che altro una farsa, una finzione in cui mi sono ritrovata costretta a recitare una parte che mi ha tenuta in ostaggio per cinque giorni.

Pochi giorni che però a me sono sembrati eterni, come se la mia percezione del tempo si fosse amplificata qui dentro. Forse Ruben ha davvero ragione, Fairfield Manor possiede qualcosa di magico in grado di far riemergere i sentimenti delle persone. In ogni caso io una certezza l'ho raggiunta, questo posto ti imprigiona e, allo stesso tempo, ti costringe a guardare in faccia alla realtà, a sfidare i tuoi limiti.

Comunque, il tempo delle maschere si sta pericolosamente avvicinando alla fine. E, nonostante i miei turbamenti e conflitti interiori, sono certa che questo sia un bene.

Dopo una giornata trascorsa in apparente tranquillità, almeno per quanto mi riguarda, la serata di Capodanno avvolge Fairfield Manor in un'atmosfera ancora più suggestiva. Fuochi d'artificio sparsi nei villaggi circostanti dipingono il cielo di scie colorate, mentre nell'ampio giardino alcune nuove luci, aggiunte alle precedenti, segnano il percorso d'ingresso per alcuni nuovi ospiti che raggiungono la villa appositamente per la serata di festa.

Devo ammettere che l'arrivo di nuove persone mi solleva un po' il morale. Almeno sarà più facile perdermi tra la gente e attirare meno l'attenzione. Potrò costringere me stessa a non focalizzare troppo lo sguardo su William e, allo stesso tempo, sarò in grado di sfuggirgli più abilmente. Così tutto, tra di noi, avrà un finale più "semplice", ci lasceremo andare senza troppa pressione intorno, almeno spero.

Forse mi sto solo illudendo. Però devo superare questa serata, in un modo o nell'altro. Nel tardo pomeriggio inizio già a prepararmi con cura, indosso l'abito lungo blu che ho portato apposta per l'occasione. È semplice ma mi sta bene. Non eccedo troppo neanche con il trucco, puntando sulla semplicità. La tensione, intanto, mi sta stringendo lo stomaco, sempre di più. Ancora non so come affronterò la mia ultima sera qui, ma in qualche modo so che ci riuscirò.

Intanto Alan, in giacca da smoking e papillon, scende a controllare che l'allestimento della villa sia perfetto. Quando lo seguo mi rendo conto che è stato fatto davvero un lavoro eccellente. Nel grande salone hanno posizionato una serie di tavoli rotondi con tovaglie in avorio, centritavola decorati con fiori invernali, candelabri luccicanti e calici pronti per lo champagne di mezzanotte.

Nonostante tutta la preparazione, mi accorgo che Alan è più teso e nervoso che mai, come se temesse che qualcosa possa sfuggirgli di mano e andare storto.

Anche gli altri ospiti di Fairfield Manor, uno dopo l'altro, si stanno presentando nel salone principale in attesa dell'arrivo dei nuovi partecipanti che hanno promesso di raggiungerci.

Sarà una festa grandiosa in un'ambientazione unica. Dovrei provare gioia, entusiasmo, invece ho la netta sensazione che a breve perderò tutto ciò a cui tengo davvero. Mi sento persa, mi sento sola come non lo sono mai stata.

La mia sensazione si amplifica quando intravedo William, in piedi accanto alla grande finestra del salone, con lo sguardo rivolto verso il parco illuminato. Anche lui, elegante nel suo abito scuro, mi dà l'impressione che vorrebbe trovarsi ovunque ma non qui. Mi soffermo sulla sua figura, sul profilo ben delineato da cui riesco in parte a scorgere l'espressione assente. Vorrei avvicinarmi, parlare con lui, ma ovviamente non posso. Anche perché Amanda, con il cellulare in mano, continua a muoversi avanti e indietro per la sala scattando foto di continuo e registrando storie per documentare, a suo dire, i "dietro le quinte" della serata. Con il suo scintillante abito da sirena color oro è praticamente impossibile non notarla, è talmente luminosa da catturare lo sguardo di chiunque.

«Guardate qui, ragazzi! Fairfield Manor è una meraviglia! E stasera vi mostrerò fino a che punto!» Non sta ferma un attimo e percorre buona parte dello spazio con il suo cellulare. La vera sfida è spostarsi per evitare di essere inquadrati. «Anzi, volete un suggerimento d'amica? Raggiungetemi qui, se potete e siete nei dintorni. Unitevi alla festa per ammirare questa meraviglia dal vivo!»

Ma... è impazzita? Sta incoraggiando tutti i suoi follower, e sono migliaia, a precipitarsi qui ora rischiando di affollare il villaggio e i dintorni della villa? Fisso gli occhi su di lei, incredula. Fortunatamente è troppo tardi per arrivare in tempo, però... mi sembra comunque una follia sfidare la sorte fino a questo punto!

In ogni caso, follower di Amanda o no, dopo lo spuntino in preparazione della festa vera e propria, Fairfield Manor inizia davvero a popolarsi. Alan e gli altri organizzatori, attendendoli, non si lasciano cogliere di sorpresa. Ruben, insieme al personale di servizio extra assunto per l'occasione, accoglie con entusiasmo tutti gli ospiti all'ingresso.

Io cerco di fare del mio meglio, come espressamente richiesto da Alan, e di dare il mio personale benvenuto ai nuovi arrivati. Come se fossi una specie di padrona di casa, anche se continuo a sentirmi sempre più estranea a questo luogo e soprattutto a questa festa che si sta facendo sempre più chiassosa e movimentata.

Per fortuna anche George, Jason, Edith e Charlotte si danno da fare per mescolarsi alle persone che stanno raggiungendo la villa. Spero soltanto che a loro non si aggiungano anche parte dei follower invitati da Amanda. Però ammetto che, a questo punto, sarei davvero pronta a tutto, anche a nascondermi e a rifugiarmi negli angolini più remoti della villa.

Nel frattempo, Alan mi presenta Amelia e Dan Harding, una coppia di suoi amici conosciuti a Londra durante un corso d'aggiornamento sulla finanza internazionale. Eleganti e cordiali, portano in dono un paio di bottiglie di prestigioso champagne e ammirano l'efficienza di Alan nell'organizzazione.

Charlotte ritrova alcune amiche che hanno deciso di raggiungerla, due influencer come lei e una food blogger, Sasha Holland, una divertente esperta di cibo che seguo anche io da qualche tempo. Mi rendo conto che, in realtà, nonostante i capelli rosa e l'atteggiamento sicuro nei suoi video, dal vivo è una ragazza timida e anche un po' impacciata, però desiderosa di trovare nuovi contatti tra i presenti, in cerca di argomenti in comune. Mi intrattengo con lei, insieme a Edith e a Charlotte, così riesco facilmente a far trascorrere del tempo prezioso. È una sorta di conto alla rovescia, il mio, nella speranza che presto tutto questo finirà, in un modo o nell'altro.

«Sono davvero contenta di essere qui!» Sasha sorride e si guarda intorno. «E vi confesso che fino all'ultimo ho pensato di restarmene a casa, avvolta nel mio pigiamone felpato, a guardare l'ennesima commedia romantica con una bella tazza di cioccolata calda!»

«Non sarebbe stata poi così male come idea!» Replico convinta mentre Edith annuisce, della mia stessa idea.

«Oh, insomma ragazze!» Charlotte si oppone decisa, con una smorfia buffa che le mette in evidenza le lentiggini sul viso. «Per le commedie romantiche e la cioccolata c'è sempre tempo! Guardatevi intorno... io mi aspetto meraviglie da questa serata! Chissà, magari tra tutta questa gente avremo anche qualche scoop eccezionale, qualche colpo di fulmine, qualche ritorno di fiamma... Voi che ne dite?»

Deglutisco a fatica e mi mordo le labbra. Mi auguro che tutto ciò di cui Charlotte ha appena parlato con tanto fervore non mi coinvolga direttamente.

«Se sarà come prevedi, dovremo prepararci a una serata movimentata.» Edith, inaspettatamente, si ritrova d'accordo con Charlotte. Poi si fissa meglio la molletta che le tiene i capelli raccolti sulla nuca e mi lancia un'occhiata perplessa. Ma nei suoi occhi intravedo anche un po' di preoccupazione. «Tutto bene, Daphne?»

«Certo, tutto bene!» Annuisco recuperando parte della mia sicurezza. «Credo che ci siano ancora diverse persone in arrivo questa sera. Di certo sarà una serata intensa.»

Però, rifletto tra me, non tutto il male viene per nuocere. Più gente arriverà, più io riuscirò a passare inosservata. E più metterò una consistente "massa umana" tra me, William e anche Amanda.

Nel frattempo, George, Alan e Jason sono impegnati a intrattenere altri ospiti e colleghi che hanno deciso di unirsi alla festa.

Cerco di rilassarmi e trascorrere una serata piacevole, per quanto possibile. Tra la gente, almeno, il mio continuo cercare William con lo sguardo risulterà meno evidente. Lo vedo intrattenersi con Amanda, ovviamente, e con altre persone. Provo l'ormai consueta fitta allo stomaco ma mi sforzo per controllare che il mio stato emotivo non sia così evidente esteriormente.

Continuo a riflettere sul fatto che tra poche ore tutto questo sarà finito. Credo che Alan abbia in programma di tornare a Londra entro il pomeriggio di domani ed è probabile che William e Amanda lascino Fairfield Manor già nel corso della mattinata.

Siamo salvi, quindi! Nessuno ci ha scoperti e il nostro piano iniziale di non rivelare la nostra relazione passata ha avuto successo.

Dovrei essere contenta, sentirmi sollevata. Allora perché invece mi sento sempre più sprofondare in un abisso senza fondo, ogni minuto che passa? Perché percepisco questa devastante sensazione di perdita che mi opprime il cuore e mi lascia senza fiato?

Cerco di annullare questo assurdo senso di vuoto per concentrarmi sul presente e magari anche sul futuro, sulle decisioni che prenderò una volta tornata a casa, scelte personali e professionali che probabilmente mi cambieranno la vita.

Per il momento, essendo Alan impegnato con i suoi colleghi, io rimango agganciata il più possibile alle mie nuove amiche, Edith, Charlotte e anche alla nuova arrivata, Sasha, che sembra sciogliersi sempre di più mentre inizia a prendere confidenza con l'ambiente.

«Noto che sta arrivando altra bella gente» ridacchia divertita, continuando a guardarsi intorno dal tavolino del salone che abbiamo occupato. «Alcuni li conosco di vista, se lavorano nell'ambito della ristorazione è probabile che io sia anche passata dai loro locali.»

Edith e Charlotte la ascoltano interessate, io invece mi tuffo nel mio cocktail analcolico, tornando a riflettere su cosa ne sarà della mia vita da domani in poi. Dovrò affrontare un discorso serio, con Alan. Capire se e come proseguire la nostra relazione. Ma è inutile pensarci ora, non mi voglio preoccupare adesso. Ci penserò domani, ecco. Come sempre, perché domani è un altro…

«Oh, ma guardate chi è arrivato! Finalmente qualcuno che conosco!» La voce squillante ed entusiasta di Sasha interrompe i miei pensieri pesanti. «Quel simpaticone di Andrew Thornton! Possiede una catena di ristoranti un po' in stile underground, è davvero un ragazzo divertente e fuori dagli schemi! Un vero innovatore. Vado a salutarlo, se volete ve lo presento.»

Così Sasha si alza, quasi di scatto. Non vedo nemmeno il tipo che ha appena nominato ma la seguo senza discutere, insieme alle altre amiche. Però… Andrew Thornton? Perché non mi risulta del tutto nuovo questo nome? Probabilmente l'avrò già sentito da qualche parte, forse sul lavoro, può essere che la mia agenzia abbia curato qualche campagna marketing per lui. O magari da Alan, oppure da…

Oddio! Folta barba rossa, capelli lunghi e mossi fino alle spalle, faccione allegro e rubicondo, risata forte e contagiosa, un tipo socievole e pieno di energia... Appena Andrew Thornton mi compare davanti non posso fare a meno di riconoscerlo! Con il suo giubbotto in pelle e uno stile davvero particolare, unico.

Anche se non ricordavo il suo nome completo, era uno degli amici della compagnia che io e William eravamo soliti frequentare anni fa, quando stavamo insieme e William tentava accanitamente di sfondare come chef.

Sorrido e lo guardo. È sempre lo stesso, non è cambiato affatto. I nostri sguardi, nel frattempo, si incrociano. Anche lui sembra riconoscermi e...

Oh, accidenti! No, no, no! Perché non ci ho pensato subito? La mia mente torna indietro, in una specie di inquietante flashback. Dovrei volatilizzarmi, ora. Sparire! Schioccare le dita e puff... svanire nel nulla! Ma non posso!

«Ehi, un attimo... ma io ti conosco!» Andrew stringe leggermente gli occhi azzurri su di me, poi mi viene incontro. Pochi passi ci separano, purtroppo per me. «Daphne, giusto? Ma quanto tempo è passato!»

«Ehm... sì... giusto» annuisco e accenno un sorriso, poi lancio una rapida occhiata intorno. Posso solo sperare che William, tra la confusione di tutta questa nuova gente appena arrivata, non sia nei paraggi o, ancora meglio, che Andrew non ricordi che noi...

«Ma che sorpresa!» Andrew mi abbraccia con entusiasmo. Bene, forse non rammenta altro. Solo di avermi incontrata un certo numero di anni fa. In fondo non eravamo amici intimi, frequentavamo soltanto lo stesso giro di persone, occasionalmente. «Sono davvero contento di trovarti qui.»

Okay, per fortuna non sembra ricordare altro. Ora forse dovrei cercare di allontanarmi, trovare William e avvisarlo della presenza di...

«Ah, ma ci sei anche tu!» Non faccio in tempo. Il vocione di Andrew mi colpisce prima che io abbia tempo di muovermi e togliermi di mezzo. Trattengo il fiato e mi accorgo che sta guardando oltre la mia testa. Sospiro e stringo i pugni. Magari è solo qualcun altro che conosce. «Ovviamente, se c'è Daphne! Sono contento di ritrovarvi ancora insieme dopo tutto questo tempo! Siete sempre stati una bella coppia! Quanto tempo è passato? Saranno almeno dieci anni, vero?»

Mi giro, quasi di scatto. No, non è possibile! Vedo William che, nel vago tentativo di voltarsi per ignorare Andrew, spalanca gli occhi allarmato. Evidentemente è attraversato dal mio stesso pensiero. Tanta fatica per… per niente!

Chiudo gli occhi, solo per un istante. Ora vorrei davvero scomparire. Su un altro pianeta, magari. Oppure riemergere in un universo parallelo in cui spero di essere meno maldestra e più pronta di riflessi. Ma non posso, anche se temo di ritrovarmi a un passo dal disastro. Quando li riapro noto gli sguardi un po' perplessi di Edith e Charlotte, che si trovano a pochi passi da me.

Mi accorgo che William sta dicendo qualcosa, trovandomi a una certa distanza non comprendo le parole, ma immagino stia tentando di frenare l'irruenza di Andrew o forse si sta impegnando per convincerlo a tacere.

Missione impossibile, perché Andrew non sembra comprendere la situazione e Amanda si è ormai avvicinata con l'aria di un felino che circonda la preda, pronta ad azzannarla.

Mi passo una mano sulla fronte, in attesa dell'inevitabile. La festa prosegue, le persone continuano ad arrivare a Fairfield Manor, ma io mi sento pietrificata sul posto, come se intorno a me ci fossimo soltanto io, William e le persone che hanno udito la voce di Andrew esporre il nostro comune passato senza alcun ritegno. Prima che noi potessimo fermarlo.

«Ma… ho capito bene? Tu e William…?» La prima reazione che sono costretta a subire è quella, tranquilla ma ancora scioccata, di Edith che non osa nemmeno completare la domanda.

«Mmh…» Non ho nemmeno la forza di risponderle, temo che la voce mi si sia bloccata, seccata in gola.

«Oh, cavolo!» Charlotte si esprime in modo decisamente più vivace. «Tu e William state insieme? E non avete detto nulla per tutto questo tempo? Wow, che sangue freddo ragazzi!»

«Stavamo…» Oso solo puntualizzare senza aggiungere altro.

«Davvero, i miei complimenti!» Interviene anche George, subito attratto dall'idea di qualche pettegolezzo o dramma inatteso. «Due attori nati!»

Non abbiamo detto nulla per cinque giorni, vorrei ribadire. Non si tratta di mesi, anni o qualcosa che si possa definire "tutto questo tempo"!

E in quanto all'essere "attori nati", credo che se lo fossimo veramente saremmo costretti a cambiare professione, considerati i pessimi risultati.

In seguito alla domanda di Charlotte e ai commenti di George, ho la sensazione che intorno a me sia calato un silenzio irreale.

Non so cosa dire e nemmeno come giustificarmi. In questo momento vorrei soltanto che qualcuno intervenga, al mio posto, per bloccare tutto. Oppure, meglio ancora, tornare indietro nel tempo e rimediare all'errore che io e William abbiamo commesso.

Poi, però, un'altra emozione si fa strada in me. Qualcosa di indescrivibile, al principio, che non saprei nemmeno spiegare ma che somiglia molto a una sensazione di sollievo, di leggerezza.

Ormai sarebbe inutile nascondere la verità o inventarmi una scusa per negare. Perché una persona inaspettata ha fatto tutto il lavoro per noi, nel giro di qualche minuto ha distrutto tutta la rete di bugie che io e William abbiamo costruito accanitamente intorno a noi, come se mantenere il nostro segreto fosse una questione di vita o di morte.

«Daphne!»

È una voce nota, ora, a colpirmi alle spalle, come una pugnalata. E prima che io abbia il tempo di voltarmi, me lo trovo di fronte. Con il viso tirato e l'espressione fin troppo seria, accigliata.

«Che cos'è questa storia?» Alan mi afferra per un braccio, strattonandomi quasi per obbligarmi a reagire, a guardarlo negli occhi. La sua voce è incrinata da un misto di incredulità e rabbia. «È un equivoco, vero? Tu insieme a William? Insomma, Daphne, dì qualcosa! Dimmi che non è vero!»

«Non posso, Alan.» Non posso più mentire. Non posso più negare. Non posso più nemmeno tentare di fuggire. «Non posso. Perché è tutto vero.»

CAPITOLO 32

William

Tutto mi sarei aspettato, tranne di essere esposto così da una vecchia conoscenza al corrente della relazione tra me e Daphne.

Davvero, non ci avevo pensato. E, ovviamente, non ero al corrente dell'arrivo di Andrew Thornton. Come avrei potuto immaginarlo? Del resto, nemmeno a Daphne è saltato in mente che potesse presentarsi qui qualcuno che si ricordava di noi e dei tempi in cui stavamo insieme. Invece Andrew ci ha smascherato in un attimo!

Frequentavamo gli stessi ambienti, tempo fa, entrambi tentavamo di sfondare nel campo della ristorazione e avevamo anche pensato di organizzare qualcosa insieme, prima o poi. Con il tempo, però, ci siamo persi di vista, sapevo che aveva ottenuto un meritato successo con la sua catena di ristoranti ma non lo sentivo da alcuni anni, ormai.

Invece ora, eccolo qui! Sempre lo stesso, eccentrico, vivace e pronto allo scherzo. E se non mi avesse appena messo nei guai, sarei anche felice di vederlo.

«Già, ci sono anche io!» Lo so che forse è troppo tardi, ma posso almeno provare a fermarlo, a evitare la catastrofe totale. Anche se temo che ormai sia inevitabile. «Ascoltami Andrew, tu dovresti…»

Manterrei lo sguardo fisso su di lui, se potessi. Se non fossi obbligato a distoglierlo, a causa dell'arrivo di Amanda che mi si è messa di fronte, posizionandosi proprio in mezzo tra me ed Andrew. Spalanca gli occhi su di me, come se volesse lanciarmi saette fulminanti. Con il trucco vistoso e le ciglia finte sembrano ancora più grandi del normale.

A questo punto, mi rendo chiaramente conto di essere perduto. Sospiro e intravedo Andrew fissarmi sconcertato, forse ancora inconsapevole del disastro che ha appena contribuito a creare.

«Oh cavolo…» Fa una smorfia, si passa una mano tra i capelli rossi. Poi si guarda intorno, puntando lo sguardo anche su Daphne e Alan. Forse, solo forse, sta iniziando a intuire il guaio che ha appena provocato. «Io qualche volta dovrei imparare a tenere la mia boccaccia chiusa, vero?»

Torna a concentrarsi su di me, con aria desolata. Io annuisco appena, ma non riesco a fornirgli una spiegazione logica, perché nel frattempo Amanda è passata dalla fase in cui il suo più vivo desiderio era quello di fulminarmi con lo sguardo alla violenza verbale vera e propria.

«Cosa significa? Dimmi che è uno scherzo! Dimmi che non mi hai preso per il culo per tutto questo tempo, cazzo!» Mi afferra per la giacca e inizia a scuotermi. Okay, la violenza rischia di diventare anche fisica, ora. Devo cercare di calmarla.

«No, Amanda. Davvero, non è come credi.» Cerco di afferrarla per le braccia, senza stringere troppo. Non voglio rischiare di farle male. «Calmati e ascoltami, posso spiegarti tutto.»

Oddio, forse proprio tutto no. Ma qualcosa sì. Sperando che non esageri e non coinvolga tutti gli altri presenti con una scenata pubblica.

«Te la sei fatta? Te la sei scopata proprio qui, con me e il suo fidanzato presenti? E pensare che avevo intuito qualcosa dalle occhiate languide che lei ti rivolgeva, ma poi ho pensato… no, impossibile!» Sempre peggio, invece! Amanda sta urlando in modo tale da attirare l'attenzione della maggior parte degli ospiti presenti nel salone. Neanche a farlo apposta, l'abito dorato che indossa sembra luccicare ancora di più, quasi a riflettere la tensione, concentrando l'interesse generale. «Da quando va avanti questa cosa? Da quando siamo arrivati? O anche da prima?»

«No, assolutamente. Non è così.»

Mi sento raggelare, mentre ho la sensazione che l'aria sia diventata pesante come il piombo. Altre persone, incuriosite, si fanno più vicine. Io, invece, vorrei spostarmi da qui, raggiungere Daphne, più che altro per assicurarmi che stia bene.

Ma come può stare bene? Non oso nemmeno rivolgere un'occhiata a lei e ad Alan, anche perché rischierei di peggiorare la furia esplosiva di Amanda che potrebbe dirigersi proprio verso Daphne.

Nonostante tutto non riesco a trattenermi, la cerco con lo sguardo e noto che la sua espressione persa, quasi impaurita, rivela un senso di colpa devastante. Non riesco quasi a credere che tutta questa miserabile bugia ci sia scoppiata tra le mani nell'arco di pochi minuti.

Forse avrei dovuto muovermi prima, tentare di avvertire Andrew. Anzi, no. La cosa che davvero avremmo dovuto fare, entrambi, era essere sinceri fin dall'inizio. Ora è veramente troppo tardi, non c'è più spazio per scuse o compromessi.

Nel frattempo, buona parte della sala cala in un gelo surreale, soprattutto causato dalle urla isteriche di Amanda. Gli invitati giunti da poco, soprattutto, si scambiano sguardi perplessi, non conoscendo la situazione ma avvertendo un vortice di tensione. Edith, intanto, fissa lo sguardo ancora incredulo su Daphne. Charlotte e Jason rimangono fermi in attesa dell'evolversi della situazione, mentre George sembra sul punto di dire qualcosa, qualsiasi cosa per stemperare l'imbarazzo. Invece poi decide di tacere.

Così, alla fine, è Daphne a trovare la forza di prendere la parola.

«Noi non volevamo mentire. La nostra storia appartiene al passato, è finita anni fa.» Certo, fin qui è tutto vero. Però... Daphne riprende a parlare, molto più schietta e decisa, interrompendo la mia riflessione in proposito. «Abbiamo pensato che non fosse il caso di creare scompiglio rischiando di rovinare la vacanza e la festa a tutti. Per questo abbiamo deciso di tacere, perché alla fine… ci sarebbe stato ben poco da dire.»

È davvero questo che pensa? Certo, nel complesso non posso darle torto. Anche se sembra stia liquidando la nostra storia come se fosse stata nulla, quasi come se non fosse mai esistita.

La vedo sospirare e impallidire. Ora, più che preoccuparmi delle conseguenze, mi chiedo se Daphne crede veramente alle parole che ha appena pronunciato.

«Sì, è tutto vero.» Confermo, distogliendo lo sguardo da Daphne per posarlo su Amanda che sembra essersi calmata ma ora mostra un'espressione offesa, avvilita. «Quando ci siamo ritrovati qui, non sapevamo come dirvelo. Così abbiamo pensato che…»

«Sei stata con lui? Per anni?» Ora è Alan ad alzare la voce con Daphne, tanto che sono costretto a interrompermi. «E non mi hai detto nulla? Hai pensato che non fosse importante? Anzi, hai creduto più opportuno prendermi in giro?»

«No, Alan, non è così…» La voce di Daphne, incrinata di pianto, mi stringe il cuore. Sembra costretta a difendersi di fronte a una giuria che ormai l'ha già incriminata e condannata. «Lascia che ti spieghi…»

«Non c'è proprio niente da spiegare! Sei una bugiarda!» Alan, in preda all'orgoglio ferito, non le permette di proseguire. «Basta. Non voglio ascoltare altre scuse. Mi avete messo in ridicolo di fronte a tutti. Daphne, potevi parlarmene, avrei capito… o forse no, ma almeno avresti dimostrato un minimo di rispetto. Invece hai preferito prendermi in giro!»

Scuote la testa sdegnato, stringe i pugni, poi si gira di scatto e abbandona il salone.

Vedo Daphne sollevare la mano, come per trattenerlo, per fermarlo. Invece lo lascia andare, senza nemmeno accennare a seguirlo. Forse si rende conto del fatto che sarebbe inutile. Uno come Alan Collins non accetta ragioni. Io non lo conosco bene, anzi, non lo conosco affatto. Ma da quello che sono riuscito a intuire di lui in questi giorni, ho la netta sensazione che non sia propenso a concedere agli altri il beneficio del dubbio quando le situazioni non si evolvono in base ai suoi programmi.

Sono costretto ad abbandonare Daphne e a tornare con lo sguardo su Amanda, quando si riprende abbastanza per rivolgermi altre parole taglienti, forse istigata e incattivita ancora di più dal comportamento di Alan.

«Sei solo un miserabile, un bugiardo! Davanti ai miei follower, davanti a me... E pensare che io ti ho persino aiutato con la tua carriera. Senza di me saresti già fallito! E il tuo ristorante sarebbe ancora sconosciuto!» Sospira sdegnata, sbatte le ciglia in un tentativo di trattenere le lacrime, o forse soltanto la furia implacabile che scatena nei miei confronti. Poi lancia un'occhiata sprezzante a Daphne, prima di uscire di scena in modo talmente plateale da costringere tutti i presenti a seguire con lo sguardo la scia dorata del suo abito da sirena. «Chissà da quanto va avanti questa farsa! Magari eravate d'accordo fin dall'inizio... e mi hai usata per ottenere tutta la pubblicità gratuita che hai avuto insieme a me!» Poi prende fiato, per prepararsi all'ingiuria finale. «Magari non vi siete mai veramente lasciati!»

All'improvviso, quella sua ultima accusa così pungente, così maligna, scagliata tra tante altre, non mi sembra nemmeno così lontana dalla verità. Tanto che questa volta non oso contraddirla.

"Magari non vi siete mai veramente lasciati!"

È davvero così? No, ovviamente. Io e Daphne ci siamo lasciati eccome! Ed è stato doloroso, per entrambi. Per me lo è stato di certo. Forse non subito, anzi, all'inizio tornare libero mi ha provocato uno strano senso di euforia. Ma poi ho sentito spesso la sua mancanza, nel corso delle settimane successive, dei mesi e anche degli anni. Come un senso di solitudine e di vuoto che non sapevo spiegarmi ma che non sono più riuscito a colmare con nessun'altra. E nemmeno con l'apertura del mio ristorante.

Nel silenzio generale che si è creato intorno a noi, io non so più cosa dire, cosa fare. Anzi, lo saprei fin troppo bene, ma non voglio creare ulteriore rabbia e imbarazzo.

L'unico che, a quanto pare, trova ancora il coraggio di parlare è Andrew Thornton, l'artefice del casino in cui siamo precipitati. Nonostante tutto non me la sento di prendermela con lui, i veri responsabili siamo io e Daphne, inutile negarlo.

«Io... mi dispiace, davvero...» Ancora sconcertato, Andrew sposta lo sguardo da me a Daphne. «Non potevo immaginare...»

No, ovvio che non potesse immaginare di trovarsi di fronte due idioti che hanno trascorso giorni a negare una verità che ora è risultata palese davanti a tutti.

Mi passo una mano tra i capelli, tormentato dal senso di colpa e dall'impulso di seguire Amanda, anche solo per farla calmare. Ma, d'altra parte, sento il bisogno di proteggere Daphne, che mi appare sempre più sconvolta e sul punto di crollare.

La vedo mordersi le labbra, nello sforzo di non piangere. Con gli sguardi di condanna dei presenti puntati addosso, pesanti come macigni.

Così, nel giro di pochi minuti, quella che doveva essere la grande festa di fine anno si è trasformata per noi in una situazione imbarazzante e dolorosa. La musica, ancora accesa in sottofondo, sembra stonare con la circostanza in cui siamo precipitati e ho quasi l'impressione che i nuovi arrivati siano quasi pentiti da aver scelto proprio questo luogo per trascorrere il Capodanno. Ma che siano rimasti con scarse alternative, ormai, visto che manca soltanto poco più di un'ora allo scattare della mezzanotte.

Decido finalmente di muovere un passo verso l'ingresso del salone, con l'intento di cercare Amanda e provare a farla ragionare con più tranquillità. Ma, allo stesso tempo, mi accorgo che anche Daphne si sta voltando nella stessa direzione. Così la raggiungo e girandomi mi ritrovo proprio davanti a lei.

Fermi così, uno di fronte all'altra, restiamo in silenzio, mentre il brusio intorno a noi ritorna ad accendersi, a farsi sempre più vivo e intenso, con le persone ancora in bilico tra imbarazzo e curiosità.

La fisso negli occhi e, nonostante il turbamento e il disagio, Daphne non distoglie lo sguardo da me. Il suo respiro si fa però affrettato, noto il suo petto alzarsi e abbassarsi ritmicamente, come se fosse dominata da un'ansia irrefrenabile.

«Avremmo dovuto dirlo subito...» Sono le prime banali parole che riesco a rivolgerle. Poi abbasso gli occhi per un istante, non riesco a tollerare tutta quella tristezza nel suo sguardo.

«Sì, ma ora dobbiamo affrontare le conseguenze.»

La sua risposta mi spinge a sollevare nuovamente gli occhi su di lei. Annuisco convinto e sollevo la mano, sfiorandole il braccio ma non osando trattenermi oltre.

Mi incammino verso l'ingresso, con l'intenzione di cercare Amanda ma senza nessuna reale voglia di trovarla.

Vorrei soltanto che tutto finisse. Ora, subito. Vorrei trovare una soluzione e tornare indietro. Non di giorni, ma di anni. Vorrei non aver mai preso la decisione di lasciare andare Daphne. Ma ora siamo qui, quasi prigionieri dei nostri dubbi, dei nostri sbagli. E, proprio come mi ha appena ricordato Daphne, dobbiamo affrontare le conseguenze.

CAPITOLO 33

Daphne

Quasi non riesco a rendermi conto di quanto è accaduto. Mi sembra ancora una specie di sogno in cui ci si sveglia e, poco alla volta, ci si rende conto che nulla è stato veramente reale. Niente paura, niente disagio, niente disastri irreparabili. Solo un sogno, opprimente ma frutto di un'immaginazione sfuggita al controllo durante il sonno.

Invece è tutto vero. E non so nemmeno dire "purtroppo" perché una parte di me si sente davvero sollevata. Non sono più costretta a fingere, a mentire, a ingannare gli altri e soprattutto me stessa.

Perché ora tutti lo sanno. Sanno che io e William siamo stati insieme, che abbiamo avuto una storia. Forse l'unica cosa che ignorano è quanto sia stata lunga e sofferta, per me. E che non mi è mai passata. Ecco, la verità. Non mi è davvero mai passata. Per questo ho preferito restare in silenzio fin dall'inizio. Per evitare che gli altri indagassero troppo e scoprissero il mio segreto inconfessabile. Per evitare, soprattutto, che *lui* scoprisse il mio segreto inconfessabile.

Questo è ciò che continuo a trattenere, dentro di me. E che è tornato in luce, sempre di più, nel corso degli ultimi giorni, per me così devastanti, quasi insopportabili.

Nonostante tutto, dopo l'uscita di William, mi rendo conto che anche io devo muovermi da qui, fare qualcosa. Qualcosa come andare a cercare Alan, ad esempio, scoprire dove si è rifugiato e provare a parlargli. Non c'è nulla che possa giustificarmi, lo so, ma spero almeno che, a mente più lucida, possa provare a capirmi.

Nel frattempo, mentre la musica suona ancora in sottofondo, mi rendo conto che la maggior parte degli ospiti che ha assistito alla scena ora si è radunata in piccoli capannelli nel salone, accanto ai tavoli con il rinfresco di Capodanno, cercando di capire cosa è successo e di dare la loro personale interpretazione della vicenda.

Mentre Edith, Charlotte e Sasha mi rivolgono sguardi preoccupati, George, Clay e Jason sembrano decisi a salvare l'organizzazione della serata. Del resto, spero che il piccolo "dramma" privato che abbiamo offerto non rovinerà completamente la festa agli altri.

Raccolgo il coraggio e mi avvio, in cerca di Alan. Provo al piano superiore, nella nostra stanza, pur rendendomi conto di quanto sia improbabile che si sia rifugiato proprio lì. Infatti, non c'è. Scendo e passo in rassegna le salette più piccole di Fairfield Manor che, nel corso delle giornate trascorse qui, ho imparato a conoscere piuttosto bene.

Proprio in una di queste, arredata con un piccolo camino, un tavolino centrale e un divano di velluto azzurro, trovo Alan in piedi di fronte all'unica finestra, con lo sguardo fermamente puntato verso l'esterno.

Entro, richiudendo la porta alle mie spalle, ma restando ferma sulla soglia. Suppongo che mi abbia sentita, volta leggermente il viso, ma poi rimane immobile nella sua posizione.

Oltrepasso esitante l'ingresso del salottino, muovendomi verso di lui.

«Alan...» Mi trema la voce, ma cerco di controllarmi.

«Cosa ci fai qui? Non te ne sei ancora andata con lui? Eppure, sembra che non aspetti altro! Cosa vuoi dirmi?» Alan, inaspettatamente, si volta di scatto verso di me, rivelando un'espressione delusa mista a una rabbia apparentemente implacabile. Poi cambia atteggiamento, provocandomi con un sorriso amaro. «Che ti dispiace? Che non volevi rovinare la festa? Non ti voglio nemmeno sentire, Daphne. Perché so che sono tutte scuse, le tue!»

Mi faccio coraggio, mi stringo le mani per cercare di calmare il tremore che mi assale e che non riesco a controllare. «Avrei dovuto dirtelo subito, lo so. Ho sbagliato. Ma tenevi così tanto all'organizzazione di questo evento che io… è vero, non volevo rovinare tutto. Poi, giorno dopo giorno, è stato troppo tardi… E avevo anche paura di come avresti reagito.»

«Paura di come avrei reagito?» Alan sbuffa, scosso da un moto di amarezza. «Sono io ad aver paura, Daphne. Non so più chi sei. Ti ho invitata qui, tra colleghi e amici, gente che stimo e con cui ho contribuito a organizzare questo evento. E scopro che mi hai nascosto una relazione importante, a quanto pare, visto che è andata avanti per anni. Come hai potuto stare insieme a me se non hai alcuna fiducia nei miei confronti?»

Alle sue parole sento una fitta al petto. Guardo il suo viso che, di solito così composto, ora sembra sconvolto dall'ira nei miei confronti.

«Non è una questione di fiducia, Alan. Io ho provato a parlarti, ci ho provato davvero, ma… è capitato tutto in fretta. Quando mi sono ritrovata qui ero già in trappola. Ho pensato che sarei riuscita a gestire la situazione, invece è stato tutto un disastro. Poi ho anche sperato che potessimo recuperare in qualche modo, però…»

Alan sospira, aggrotta la fronte e scuote la testa. Davvero non riesce a capire le mie ragioni, o forse non vuole. E le mie parole stanno iniziando a suonare sbagliate anche a me stessa. Cosa speravo di ottenere, di recuperare?

«E cosa diavolo vorresti recuperare, ormai? Non ci si riprende da un inganno simile. Sai cosa penso? Che tu sia immatura, Daphne. Incapace di affrontare i problemi. Ti sei rifugiata nelle tue bugie, sperando che tutto sarebbe passato in qualche modo. Ma non funziona così. Avresti dovuto dirmi la verità, a prescindere dalle conseguenze.»

Le sue continue accuse mi colpiscono in pieno petto. So che non ha tutti i torti, sono consapevole dei miei limiti e dei miei errori. Però mi sento stanca, stravolta, mentre un groviglio di emozioni inizia a serrarmi la gola, sempre di più. A tal punto che preferisco restare in silenzio, smettere di difendermi.

Probabilmente, a questo punto, Alan interpreta il mio silenzio come una conferma, perché mi rivolge uno sguardo carico di delusione e scuote la testa.

«Non so se riuscirò mai a perdonarti.» Infierisce ancora su di me, implacabile. «Forse abbiamo sbagliato tutto, fin dal principio. Forse tu sei sempre stata troppo debole per stare al mio fianco. In parte lo avevo già capito, ci stavo riflettendo in questi giorni anche se ho voluto ignorare i segnali... ma ora questa situazione lo ha dimostrato.»

Chiudo gli occhi, sento le lacrime pungere, abbasso lo sguardo e decido, anche questa volta di non replicare. Sono davvero troppo stanca di essere ferita, insultata. Di sentirmi incompresa.

Poi, però, qualcosa scatta in me. Sospiro e alzo lo sguardo su di lui, animata da un coraggio nuovo, inaspettato.

«Allora è un bene quello che è successo. Almeno ora sarai libero di trovare una persona abbastanza forte per stare con te.»

Alle mie parole, probabilmente inaspettate, Alan mi rivolge un'occhiata carica di rabbia, di disprezzo. Poi, senza replicare, esce dalla saletta, lasciandomi sola.

Con una morsa opprimente che mi serra ancora la gola, mi siedo sul divano, mi sfilo le scarpe e sollevo le gambe, stringendole al petto. Sospiro e appoggio la fronte sulle ginocchia mentre una lacrima mi solca la guancia.

È finita. Almeno questo. È finita e poco alla volta riuscirò a mettere insieme i pezzi, di me stessa, del mio futuro. Al momento sono soltanto stanca, tanto stanca.

Avevo intenzione di portare dei cambiamenti nella mia vita, con l'anno nuovo. A questo punto credo proprio di esserci riuscita, anche se molto diversamente da come avrei ipotizzato prima di arrivare qui.

Per quanto straziante, sento che ogni legame con Alan si è spezzato. Ma mi rendo conto che non è dipeso soltanto da me, per quanto deluso e amareggiato le sue parole hanno espresso i suoi veri sentimenti nei miei confronti. Anzi, forse dovrei dire la mancanza di veri sentimenti nei miei confronti. Che sia stata opera della "magia" di Fairfield Manor o meno, ormai è andata così e non si può tornare indietro.

Comunque sia, non riesco ad essere del tutto abbattuta, mortificata. C'è come una luce di speranza, in me. E non dipende da Alan, nemmeno da William. Ma da me stessa. Come se, in un certo senso, avessi la certezza di non poter cadere più in basso di così. Come se, da questo punto, ci fosse soltanto una scelta, per me. Riprendere in mano la mia esistenza e lottare per riuscire a respirare, per tornare finalmente a galla.

CAPITOLO 34

William

Salgo i gradini della scalinata rapidamente per raggiungere il piano superiore e poi la nostra stanza. Incrocio un paio di invitati ma li oltrepasso mantenendo lo sguardo basso. Non vorrei apparire maleducato ma non sono in vena di domande, di auguri o di altro.

Appena entrato in camera, la vedo. In piedi, davanti allo specchio, con il cellulare abbandonato sul letto a baldacchino. I capelli biondi, di solito perfettamente in ordine, le cadono scomposti sulle spalle e anche l'abito sembra sciupato.

«Amanda...» Cerco di richiamarla, di ottenere la sua attenzione. «Lasciami spiegare con calma, ti prego.»

Si volta, punta gli occhi su di me. Sono duri, attraversati da un'ira gelida.

«Cosa vorresti spiegarmi? Che ti sei preso gioco di me? Che hai finto di non conoscere Daphne, facendo credere di averla incontrata qui per la prima volta nella tua vita? Ti sei reso conto di come mi hai resa ridicola di fronte a tutti? Ho scattato fotografie, creato video, storie della nostra splendida vacanza a Fairfield Manor, con tutti i partecipanti... e con voi due che stavate lì, continuando a guardarvi ma fingendo di non conoscevi!»

Mi avvicino a lei, alzando le mani in segno di resa.

«Capisco la tua rabbia, ne hai tutte le ragioni. Ma ti giuro che non ho mai voluto prenderti in giro, nulla di ciò che è accaduto è stato calcolato. È solo che... per me è stato del tutto inaspettato ritrovare Daphne proprio qui e non volevo creare confusione. Poi tutto si è complicato e io...»

Amanda sbatte un piede a terra, con foga eccessiva, sprigionando così frustrazione e la rabbia che non riesce a contenere.

«Tutto si è complicato perché tu hai voluto proteggere lei, non me. Ora che ci penso, sei sempre corso a coprirla, a difenderla, anche a scherzare con lei, quindi la situazione l'hai creata tu. Avevo notato una strana intesa, però al momento non riuscivo nemmeno io a comprendere il motivo, mi sembrava troppo insulsa per ricevere le tue attenzioni. Adesso invece salta fuori che io, proprio io, in diretta di fronte a tutti, scopro di essere stata solo una comparsa nella tua vita!»

Mi sento oppresso, sempre di più. In parte per il senso di colpa, in parte per la stanchezza di questa finzione che si sta trascinando ormai da troppo tempo.

«Amanda, su questo ti sbagli. Io non ho mai finto con te. Mai fino ad ora, almeno. Mi rendo conto di quanto hai fatto per me, mi hai aiutato con il mio ristorante, mi hai fatto conoscere, attraverso i tuoi contatti, con la tua energia, il tuo entusiasmo. Però devo ammettere che, da quando siamo arrivati qui, le cose sono cambiate. Siamo cambiati tutti, in qualche modo. Anche tu.»

Amanda arretra di un passo e mi fissa come se le mie parole fossero uno schiaffo diretto alla sua sicurezza, al suo orgoglio. Gli occhi le si inumidiscono ma la sua espressione rimane beffarda.

«Se pensi di addolcirmi con questa confessione tardiva, ti sbagli. Dì pure che non mi hai mai amata, non me ne frega niente, ma sappi che mi hai umiliata davanti a tutti e questo non te lo perdonerò mai. E no, William, non ne usciamo da amici come se nulla fosse successo. Io non voglio più alcun tipo un rapporto con te. E chiederò a tutti i miei follower di smettere di seguirti!»

Sospiro, dalle sue parole mi rendo conto di quanto sia ferita, forse anche più di ciò che è disposta ad ammettere. Così prova a difendersi come può, arrivando a minacciare ripercussioni.

Cerco di sfiorarle la mano, ma lei si scansa, guardandomi con una durezza lucida e sconcertante.

«Resta dove sei, ormai è troppo tardi. Non cambierò idea, non ti voglio più vedere. Non voglio più vedere nessuno, qui.» Afferra il cellulare con uno scatto d'ira e lo stringe tra le mani. «Ora vorrei preparare le mie cose per andarmene da qui, una volta per tutte. Non intendo restare un minuto di più, qualcuno verrà a prendermi. Quindi, per favore vattene, esci dalla stanza. Addio, William.»

Non mi resta che ubbidire ed eseguire i suoi ordini, ormai consapevole che non ascolterà le mie ragioni. Magari un giorno le passerà, ma di certo non stasera e nemmeno nei prossimi giorni, temo. Le rivolgo un'ultima occhiata, richiudendo la porta alle mie spalle.

«Addio, Amanda.»

**

Non sono di certo dell'umore di festeggiare il nuovo anno ma, esiliato dalla mia stanza, non mi resta altro da fare che tornare nel salone.

Appena oltrepassato l'ingresso mi rendo conto che la tensione è ancora palpabile, soprattutto tra le persone che hanno passato insieme a noi questi ultimi giorni, ma per fortuna buona parte degli ospiti sta cercando di trascorrere una piacevole serata e divertirsi.

Noto Edith e George e mi avvicino a loro, proprio mentre lui sta pensando di proporre qualche attività per contribuire a salvare la serata. Mi guardano e restano in silenzio, con aria interrogativa.

«Amanda sta preparando le sue cose per andarsene.» Riassumo senza commentare. «Ho cercato di calmarla, di farla ragionare, ma purtroppo non ha sentito ragioni.»

«Ma... vuole andarsene proprio ora?» Edith sgrana leggermente gli occhi, incredula, e si sistema gli occhiali. «È quasi mezzanotte, ormai.»

«Non intende restare un minuto di più» replico, riportando le sue parole. «Ho tentato di parlarle, di spiegarle, non vuole più vedermi.»

«Ma, forse... sono cose che si dicono...» George tenta di alleggerire la situazione ma, dall'espressione cupa che mi rivolge, è lui il primo a non credere alle sue parole.

Andrew Thornton si avvicina a noi, con quell'aria ancora dispiaciuta che non si addice affatto a lui e al suo aspetto sempre allegro e ottimista.

«Mi dispiace davvero, amico. Non hai idea, mi sento proprio male per il casino che vi ho combinato. Solo che vedendovi qui entrambi, io ho dato per scontato che...» Sospira e scuote la testa, aggrottando la fronte in una smorfia che lo fa somigliare a un grosso folletto irlandese infelice. È quasi buffo, a dire il vero. «Vorrei rimediare, in qualche modo.»

«Non è necessario, Andrew.» Tento di consolarlo. «Alla fine, non sei stato tu a creare questo fraintendimento. La responsabilità è solo mia e di Daphne. Tu hai innescato la bomba, ma la miccia era già accesa da un pezzo. Non addossarti colpe che non hai.»

«Sì, mi rendo conto. Però...» Andrew sbuffa, stringendosi nelle spalle. «Mi dispiace aver rovinato la festa a molti di voi, ecco.»

«No, non è così!» Sorrido e gli poso una mano sulla spalla, in un gesto amichevole. «Voglio dire, la festa è ancora in corso. La cosa migliore che potete fare, a mio parere, è cercare di divertirvi il più possibile, sfruttando la bellezza di questo posto. Sarebbe un vero peccato buttare tutto all'aria.»

«Hai parlato con Daphne?» La domanda repentina di Edith mi coglie alla sprovvista.

«No.» Scuoto la testa, cercando qualcosa da aggiungere appena noto gli sguardi di tre persone, Edith, George ed Andrew, puntarmi in modo vagamente accusatorio. «Non ancora.»

«Io credo che dovresti farlo, prima o poi» suggerisce George, arricciando il naso. «Magari meglio prima che poi.»

Gli altri due annuiscono convinti.

«Sì, lo credo anch'io.» Sospiro, alzo gli occhi al cielo. «Voglio dire, lo farò. Sempre che lei...» Mi mordo le labbra, dubbioso. «Insomma, sempre che lei sia disposta a parlare con me.»

CAPITOLO 35

Daphne

Mezzanotte si sta ormai avvicinando, sembra addirittura che i minuti si stiano rincorrendo uno dopo l'altro con un ritmo frenetico. Nel frattempo, ho ricevuto messaggi dai miei genitori, da mia sorella, da Janice e da altri amici e colleghi, ma non ho ancora voglia di rispondere. Ci penserò più tardi, appena mi sarò calmata.

Dopo aver trascorso un po' di tempo a crogiolarmi sul divano della saletta dove Alan mi ha abbandonata ripensando alle ultime parole che mi ha rivolto, cerco di ricompormi e mi ripresento nel salone principale dove la grande festa di Capodanno ha ancora luogo.

Mi sento addosso gli occhi di tutti, ma forse è soltanto una mia impressione.

Edith mi raggiunge immediatamente appena supero l'ingresso e mi guarda con espressione triste, desolata.

«Stai bene?» Sospira e scuote appena la testa. «Scusami, è una domanda stupida.»

«No, non lo è, Edith.» Mi sforzo per sorriderle e mostrare una tranquillità che non provo affatto. «Però la verità è che... no, non sto molto bene in questo momento. Ma non posso fare altro che andare avanti.»

Noto, poco distanti, George, Andrew e anche William. Con una rapida occhiata mi rendo conto che Amanda non è nei paraggi. Torno su di loro e mi accorgo che adesso lo sguardo di William è puntato su di me. Ha la giacca aperta, il colletto della camicia sbottonato e l'aria distrutta. Forse mi ritiene colpevole, forse pensa che avrei dovuto essere più pronta di riflessi, più risoluta nel fermare Andrew, informandolo della situazione in modo che non ci esponesse pubblicamente.

Provo qualcosa di molto simile a un colpo al cuore. Nella sua occhiata leggo tutto il dolore, il pentimento, l'amarezza. Ma forse anche un briciolo di sollievo per essersi liberato di un peso che ci ha afflitti per giorni, costringendoci a mentire fino a perdere il controllo della situazione o delle nostre azioni. Magari la mia è solo una speranza, ciò che sono io a provare. Sollievo, leggerezza, liberazione.

All'improvviso William si muove, incamminandosi verso di me e fermandosi a poca distanza. Non pronuncia una sola parola, si limita a guardarmi negli occhi. E io, di rimando, faccio lo stesso.

Restiamo fermi così, per un periodo di tempo che mi appare infinito. Poi mi decido a muovere un passo verso di lui, per accorciare ulteriormente la nostra distanza. Però ho la netta sensazione di camminare su un fragile ponte sospeso che potrebbe, da un momento all'altro, crollare e precipitarmi nel vuoto.

«Mi dispiace...» Sono le prime parole che riesco a pronunciare. «Davvero, mi dispiace tanto.»

«Anche a me.» La risposta di William giunge immediata, nei suoi occhi castani intravedo un misto di confusione e qualcosa che mi appare simile alla tenerezza.

Sospiro e mi porto una mano alla gola, per trattenere un singhiozzo. Mi rendo conto che l'emozione rischia di sopraffarmi da un momento all'altro. Tanto che ora vorrei proprio andarmene, allontanarmi da qui per non espormi di nuovo davanti a tutti. Allo stesso tempo però vorrei davvero parlare con lui, dire altro, ma mi sento troppo sconvolta e, in parte, anche troppo spaventata dalle possibili conseguenze.

Gli ospiti della villa si muovono tra di noi, tra il salone, le altre sale e l'esterno di Fairfield Manor, ma io mi sento come cristallizzata nel tempo e nello spazio, come se intorno a noi, in questo momento, non ci fosse più nessuno.

«Come stai?» Domanda banale, ma in qualche modo tento di avviare una conversazione o qualcosa di simile.

«Più o meno come te, credo.» William non mi risponde, non direttamente. In questo modo rigetta l'intera responsabilità su di me. Di ciò che siamo, ciò che eravamo, ciò che potremmo ancora essere.

Annuisco e mi guardo intorno. Come d'incanto le altre persone intorno a noi sembrano riprendere vita. Accenno un sorriso forzato, gli volto le spalle e mi allontano da lui. Ho la sensazione di non riuscire più a respirare, qui dentro. Come se le pareti di Fairfield Manor, per quanto maestose e accoglienti, rischiassero di soffocarmi.

Sono stanca. Stanca di tutto e di tutti, forse anche di lui. Ho bisogno di ritagliare uno spazio per me stessa e anche di un po' d'aria che mi rischiari la mente. Così, sfinita e confusa, mi avvio verso una porta-finestra che conduce in un angolo appartato del terrazzo panoramico situato al primo piano. Un'ampia balconata in pietra con un parapetto lavorato che dà sul giardino e su un piccolo laghetto ghiacciato, in lontananza. Senza cappotto né sciarpa, rabbrividisco per il freddo ma trovo un po' di spazio per liberare i miei pensieri.

Nel buio, scorgo la neve illuminata da qualche fiaccola. Il giardino di Fairfield Manor brilla di luci sistemate lungo i vialetti, un paesaggio splendido e malinconico che rispecchia perfettamente il mio stato d'animo.

Dalle luci che vedo lampeggiare intorno, mi rendo conto che ormai mancano davvero pochi minuti alla mezzanotte. Infatti, in lontananza comincio a udire i botti e a scorgere il bagliore dei fuochi d'artificio provenienti dai villaggi vicini. Un'ondata di nostalgia mi avvolge, sempre più intensa, lasciandomi intendere che, qualunque cosa succederà allo scoccare dell'ultimo rintocco, i sentimenti messi in gioco in questi pochi giorni evolveranno, muteranno, ma non torneranno mai più come prima.

La nuova consapevolezza, intanto, mi assale e mi colpisce, senza che io possa fare nulla per rallentarla o frenarla. Così, all'improvviso, mi rendo conto di aver ferito Alan e in parte anche me stessa ma, allo stesso tempo, non posso più negare o nascondere l'amore mai sopito per William.

Non mi è mai passata, questa è la verità. Nonostante le mie ferme intenzioni di costruire una relazione seria e solida con Alan, nonostante la stima e il sincero affetto che ho provato o creduto di provare nei suoi confronti.

Chiudo gli occhi, poi torno ad aprirli e guardo lo spettacolo che sta per avere luogo, proprio di fronte a me. Il rintocco di campane, in lontananza, segna l'anno che sta per finire. E anche io mi sento, più che mai, sul ciglio di un abisso, in attesa di capire se precipitare o se, per miracolo, troverò un nuovo inizio.

Mi avvicino al parapetto, sfiorando con le dita la pietra fredda, e alzo lo sguardo verso il cielo scuro. Qualche stella fa capolino tra i bagliori colorati dei razzi che illuminano la notte di Capodanno. Un brivido mi percorre la schiena, ma mi sento stranamente sollevata nel trovarmi sola, libera e lontana dai giudizi, dalle recriminazioni.

«Temevo fossi andata via.» La sua voce inaspettata, alle mie spalle, mi provoca un brivido ancora più intenso di quello causato dal freddo. Mi raggiunge in pochi passi, mentre io lotto tra l'impulso di voltarmi e la paura di mostrarmi ancora una volta così fragile, quasi inerme.

«Invece sono qui.»

Mi volto lentamente e lo guardo, sperando di ritrovare tutta la fermezza di cui ho bisogno. Ha l'aria avvilita ma, allo stesso tempo, sembra davvero sollevato. Lo fisso negli occhi, scuri e un po' lucidi, e tanti, troppi ricordi iniziano ad affiorare dentro di me. Per la prima volta, da quando ci siamo rivisti, ho la netta sensazione che anche lui mi stia guardando con la stessa intensità di un tempo. Il tempo in cui eravamo felici, insieme. Prima delle discussioni, prima del distacco, prima delle ferite.

«Posso… fermarmi qui con te?» La sua voce mi sembra quasi incerta, esitante.

Annuisco e torno a posare lo sguardo sul panorama, ormai trapuntato di fuochi d'artificio che disegnano scie multicolore. William mi si posiziona accanto, guardando come me il cielo che ora sembra incendiarsi di colori.

«Forse dovresti rientrare, festeggiare insieme agli altri.» Lo sfido, con una punta di perfidia che non riesco a trattenere. «Per quanto possibile, voglio dire, considerata la situazione.»

«Già… forse. Comunque, è ironico pensare che dovremmo entrambi essere in mezzo agli altri a contare i secondi e invece… eccomi qui, incapace di stare con chiunque tranne che con te. Da quando sono arrivato e ti ho rivista, non sono più stato in grado di trattenermi.»

Le sue parole ora mi colpiscono facendo riaffiorare in me tutte le sensazioni che ho tentato di reprimere da quando sono arrivata a Fairfield Manor, ma cerco di controllarmi, mostrandomi quasi indifferente. Però, nel frattempo, l'ansia, la paura, la colpa, tutto si mescola dentro di me contemporaneamente, in un'ondata di emozioni che non sono in grado di frenare.

Poi un ricordo spunta dentro di me, improvviso, inaspettato, e mi strappa un sorriso.

«Ti ricordi… uno dei nostri ultimi Capodanni insieme, anni fa? Eravamo talmente impegnati a rendere tutto perfetto e alla fine abbiamo bruciato la cena. Così abbiamo ripiegato su pizza e patatine. Eppure, per me è stato comunque bellissimo.»

William sorride e annuisce, passandosi una mano tra i capelli.

«Certo che lo ricordo. Anche se poi… poco dopo le nostre strade si sono divise. Ho sempre pensato che fosse la scelta migliore, per entrambi, per poter inseguire i nostri sogni, come se stare insieme fosse diventato un ostacolo. Ma ora mi chiedo… se non fossi stato tanto egoista, magari ora noi saremmo…»

Sento le lacrime bagnarmi gli occhi, ma non riesco più a frenarle.

«Non è stata solo colpa tua, William. Io ero impaziente, insicura, testarda... ero convinta di aver bisogno di più spazio e forse non ti concedevo abbastanza fiducia. E anche quando ci siamo ritrovati qui... Tu a un certo punto avresti voluto raccontare la verità; invece, io... io mi sono convinta che fosse meglio continuare a fingere e...»

Un boato un po' più forte nel cielo fa trasalire entrambi e interrompe le mie parole, così come le mie assurde paranoie. Un grande fuoco d'artificio si apre come un ventaglio e ricade sul giardino di Fairfield Manor, uno spettacolo sorprendente. Intanto, dall'interno della villa, dalla voce festosa degli ospiti sentiamo partire il conto alla rovescia.

Proprio in questo momento William, con una delicatezza quasi esitante, allunga la mano e sfiora le mie dita, inducendomi a girarmi del tutto verso di lui per guardarlo negli occhi.

«Sono stanco di scappare. Ho cercato di andare avanti, con un'altra donna, con un'altra vita, ma la verità è che tutto ciò che ho ottenuto non fa per me. E in questi giorni l'ho capito, l'ho capito davvero. Se solo avessi avuto il coraggio di parlarti, se solo ti avessi confessato i miei sentimenti fin da subito, invece di negare il nostro passato, magari non saremmo qui, ora, in questo disastro. La verità è che io... io ho sempre voluto solo te, per me non è mai stato tempo perso quello che c'è stato tra noi. Io non ho mai smesso di amarti, Daphne. Io ti amo ancora, come e più di prima.»

CAPITOLO 36

William

La vedo, di fronte a me. Osservo il suo sguardo mutare alle mie parole, gli occhi diventare ancora più lucidi. Ha il volto stanco, il trucco sfatto, i capelli castani scompigliati lungo le spalle, l'abito sgualcito... ma io non l'ho mai vista più bella che in questo momento, di fronte alla mia confessione.

Mentre i fuochi d'artificio continuano a esplodere nel cielo davanti a noi, colorandolo di scie, luci e colori, una scintilla di calore sembra colmare l'espressione di Daphne, come se all'improvviso qualcosa l'avesse accesa, rianimata.

«Anche io... non ho mai smesso di pensare a te.» Sospira e si posa una mano sul petto, come a trattenere i battiti del cuore. «Ho provato ad andare avanti, a convincermi di poter amare Alan, ma... nonostante il mio impegno ora mi rendo conto che non era amore, non davvero, non del tutto almeno. Qualcosa di irrisolto tra noi ha continuato a tormentarmi per anni e appena ti ho rivisto ho capito che i miei sentimenti per te erano ancora qui, più vivi che mai. Come un fuoco che, sotto la cenere, continuava ad ardere. Forse è stato questo posto, forse siamo noi... ma io ti amo, William. Avevo tanta paura, ho lottato per resistere... ma non riuscivo più a trattenermi, a nascondermi...»

Lentamente le nostre mani si cercano, si trovano, si intrecciano. Intanto di fronte a noi, il giardino e il laghetto scintillano dei riflessi dei fuochi che ora stanno diventando più intensi e frequenti. Segnale che l'inizio del nuovo anno è ormai prossimo.

«Dieci... nove... otto... sette...» In lontananza e all'interno della villa percepisco le voci che si uniscono nel conto alla rovescia. «Sei... cinque... quattro...»

Proprio mentre un'ondata di emozioni ci travolge, mi rendo conto che per me e per Daphne sta davvero iniziando una nuova vita, un destino che ha riannodato i suoi fili portandoci nuovamente sulla stessa strada.

«Tre... due... uno...»

L'eco del conto alla rovescia viene scossa dall'esplosione simultanea dei fuochi. Un tripudio di luci e colori illumina l'ambiente intorno a noi, mentre dall'interno si innalzano ripetuti auguri di buon anno.

Nell'istante in cui scocca la mezzanotte, attiro Daphne a me e ci stringiamo in un abbraccio, come se fosse la cosa più naturale del mondo. Sollevo la mano e la poso delicatamente sulla sua guancia, mentre i nostri occhi si incontrano, i nostri respiri si confondono. Con un impeto di emozione e, allo stesso tempo, di esasperazione, poso le labbra sulle sue e la bacio, all'inizio timidamente, quasi come se fosse la prima volta, poi con maggiore intensità, come a recuperare tutto il tempo perduto.

Mi stacco da lei, quasi forzatamente, ma continuo a guardarla negli occhi. Anche Daphne non si allontana completamente da me. Resta seria, con entrambe le mani posate sul mio petto, poi un sorriso illumina il suo volto.

«E ora?» Mi chiede soltanto, con la voce in un sussurro e una lacrima che inizia a scorrerle lungo la guancia.

Inspiro profondamente e la guardo con tenerezza, le sfioro il viso con le dita, prima di risponderle. «Ora non dobbiamo più fingere. Cominceremo tutto da capo, se anche tu lo vuoi.»

Annuisce convinta, aggrappandosi a me con più tenacia. Ma il suo sorriso si oscura, per un attimo.

«Non mi piace l'idea di aver ferito Alan e Amanda, mi sento ancora in colpa per non aver detto subito la verità. Però... io vorrei riprovarci, Liam, vorrei avere una seconda occasione, insieme a te.»

«Anche io. E questa volta non voglio più perderti, Daffy.»

Vedo alcune lacrime rigarle il viso. Comprendo però che non si tratta di dolore, di rimpianto, ma di commozione, di dolcezza.

La stringo di nuovo a me e le accarezzo la schiena e le spalle, anche per proteggerla dal freddo, chiudendo gli occhi al fragore dei fuochi che continuano a illuminare la notte. Il freddo dell'inverno però sembra quasi scomparso, sostituito dal calore dei nostri corpi, delle nostre promesse, del nostro nuovo inizio.

Restiamo ancora qualche minuto, finché i fuochi d'artificio non iniziano a diradarsi. Il vociare interno ed esterno alla villa si fa così più percettibile. Io e Daphne ci stacchiamo dal parapetto, la prendo per mano e insieme rientriamo, percorrendo la distanza che ci separa dal salone principale. Qui, Edith, George, Andrew e gli altri ci accolgono con sorrisi timidi, un po' dubbiosi.

«Buon anno…» Edith è la prima ad avvicinarsi, anche se ancora titubante. «Speriamo che le cose adesso vadano meglio.»

«Immagino che non ci resti altro da fare che brindare, ancora una volta!» Suggerisce George, recuperando dei calici per noi da uno dei tavoli vicini. «Vi stavamo aspettando, in effetti. A voi, finalmente vi siete parlati, una buona volta!»

Non mi sento molto in vena di brindare e di sicuro nemmeno Daphne, ma accettiamo di buon grado e sorridiamo grati. Di certo non possiamo congratularci con noi stessi per il disastro che abbiamo combinato, per le persone che abbiamo ferito con la nostra bugia e per il disagio suscitato nei nostri nuovi amici. Ma spero davvero che le cose si sistemino al più presto per tutti, anche per Amanda e per Alan, pur consapevole del fatto che probabilmente non ci perdoneranno mai. O che ci vorrà un po' di tempo, comunque.

«Grazie davvero, a voi tutti.» Sorrido e annuisco, poi sospiro stringendomi nelle spalle. «Buon anno e… scusate per il trambusto.»

Andrew, Charlotte, Sasha, Jason, Clay e Laura si uniscono al brindisi.

«Un Capodanno movimentato, niente male.» Andrew esplode in una risata liberatoria. «Sono piuttosto bravo a combinare guai, però almeno a qualcosa sono servito. Anzi, se ne avrete ancora bisogno… chiamatemi!»

Scoppiamo tutti a ridere, questa volta. Anche Daphne, ora mi sembra decisamente più serena.

«Certo, Andrew…» annuisce convinta, ma con un sorriso dolce sulle labbra. «Contaci! Anzi, a saperlo prima…»

Mentre la mezzanotte ha appena segnato l'inizio del nuovo anno, la situazione a Fairfield Manor rimane ancora un po' fuori dal comune, come sospesa tra malinconia e speranza, però sta lentamente evolvendo, almeno per me e per Daphne, con la nostra ferma volontà di ricominciare un nuovo percorso insieme.

Ci scambiamo un'occhiata complice e intravedo in lei la stessa fiamma che arde anche dentro di me. Sappiamo entrambi che non sarà facile, dovremo fare i conti con i sensi di colpa, questioni insolute e altri ostacoli che probabilmente si metteranno sulla nostra strada. Eppure, ora più che mai, mi sento libero e consapevole della mia scelta.

Intanto continuiamo a festeggiare, per quanto possibile, con il nostro piccolo gruppo di amici, quelli che ci sono rimasti accanto nel corso di questi giorni folli e frenetici. Accogliamo così il nuovo anno, nella speranza che ci porti calore, pace e serenità. Il sorriso di Daphne, così tenero e sognante, mi riconcilia con me stesso, con il mondo e anche con il nostro passato.

La tenuta di Fairfield Manor, con la sua maestosa presenza, è stata testimone del riaccendersi della nostra passione, del nostro amore. Ma entrambi siamo consapevoli che si tratta soltanto del primo passo per noi, la nuova pagina di una storia che non sarebbe mai dovuta finire e che ora ha il sapore di una seconda possibilità, di una promessa riaccesa.

Mentre l'orologio del salone segna i primi minuti del nuovo anno, i nostri cuori finalmente riprendono a battere all'unisono, lasciando il passato alle spalle per guardare insieme verso un futuro che, per quanto complicato, diventa nuovamente colmo d'amore e di speranza.

EPILOGO

Daphne

Il tiepido sole di febbraio illumina il viale ghiaioso che conduce a Fairfield Manor. I rami spogli degli alberi stanno cominciando a gonfiarsi di minuscole gemme, promesse di una primavera imminente. Il gelido freddo invernale, intanto, sta lasciando il posto a un'aria frizzante e leggera mentre la distesa di neve, che a Capodanno aveva ricoperto buona parte del giardino, è quasi un ricordo.

Io e William, mano nella mano, percorriamo insieme la distanza che ci separa dalla villa, con passi sicuri e sguardi complici. Mi rendo conto che, a prima vista, potremmo sembrare una coppia come tante in visita a un'elegante tenuta di campagna, ma la nostra apparente normalità racchiude in realtà la storia di due anime che hanno scelto, nonostante tutto e tutti, di riprovarci, di ritrovarsi.

Sospiro e mi guardo intorno, inutile tentare di celare la commozione che mi assale. William mi lancia un'occhiata tenera e mi stringe la mano un po' di più. Il suo sorriso sembra rilassato ma so che, anche per lui, tornare qui ha un significato profondo. Di certo la tensione con cui abbiamo vissuto il nostro primo ingresso a Fairfield Manor è molto distante dall'emozione che proviamo ora.

Sono ormai trascorse alcune settimane da quel movimentato Capodanno che ci ha portati a scontrarci con la rete di bugie che siamo stati costretti a intrecciare pur di non ammettere la verità. Adesso, proprio nel giorno di San Valentino, abbiamo deciso di tornare alla villa che ha segnato la nostra "resa dei conti". Si tratta, più che altro, di un gesto simbolico, un modo per chiudere con il passato senza però cancellarlo del tutto perché siamo comunque determinati a trasformarlo in un punto di partenza.

Giunti di fronte al portone principale in legno massiccio, ci soffermiamo per un istante. Rammento, con un leggero tremito, quando ho varcato questa soglia la prima volta, insieme ad Alan. Lancio un'occhiata a William e mi rendo conto che anche lui è attraversato da un pensiero simile. Il suo arrivo con Amanda e poi il nostro incontro inaspettato all'interno di Fairfield Manor.

Ora, in poche settimane, tutto è cambiato. Anche la villa appare più tranquilla senza tutti gli ospiti presenti per i festeggiamenti di Capodanno. Il personale di servizio non si aspetta grandi eventi, quindi siamo stati invitati per un pranzo, a festeggiare proprio qui la nostra ritrovata complicità.

Varcata la soglia, mi sento avvolgere da un leggero profumo di fiori e di mobili antichi.

Raggiunta la reception, Ruben ci accoglie con un sorriso caloroso.

«Bentornati.» Il suo sguardo mi fa intendere che forse si aspettava davvero di rivederci così. Forse la magia di Fairfield Manor è sempre stata reale, autentica, rivelando e riportando in luce i nostri veri sentimenti. «È un piacere riavervi qui. Sono molto felice che abbiate accettato l'invito.»

«Grazie, Ruben.» Gli sorrido, grata per le sue premure.

«Anche per noi è un piacere» aggiunge William. «Fairfield Manor è davvero speciale. È il luogo dove ci siamo ritrovati.»

Così ci inoltriamo all'interno della villa. Il salone principale, con i pavimenti in pietra e l'ampio soffitto decorato, è sempre lo stesso, ma stavolta l'atmosfera è completamente diversa. Non ci sono tavoli apparecchiati per un grande evento né luci sparse ovunque e candelabri scintillanti. Solo qualche candela profumata e alcune composizioni floreali a tema San Valentino, con rose rosse e piccoli cuori in legno.

Mi sfilo il cappotto e rimango con il mio abito di lana morbida color panna. William mi imita, togliendosi la giacca per restare con il suo maglione blu e i jeans.

«Strano essere di nuovo qui, dopo tutto ciò che è successo» sussurro, guardandomi ancora intorno.

«È vero…» William annuisce, circondandomi la vita con un braccio. «Mi sembra quasi di rivedere noi stessi, qui intorno… quando cercavamo di evitarci a tutti i costi per impedire agli altri di capire.»

Ci avviamo verso la sala da pranzo, dove ci attende un romantico tavolino apparecchiato per due. Il personale ha disposto piatti, bicchieri e posate con cura, ma senza eccessi, con la tovaglia color crema e un piccolo vaso di rose a centrotavola, e si prepara a servirci un pranzo leggero ma gustoso.

Ancora una volta non posso fare a meno di lasciar scivolare la memoria agli eventi delle scorse settimane, anche se ho la netta impressione che sia trascorso molto più tempo.

Dopo esserci ritrovati sul terrazzo, a pochi minuti dallo scattare della mezzanotte, la situazione per noi è completamente cambiata. Però, nell'evoluzione della nostra storia, della nostra rinascita, altre persone sono rimaste inevitabilmente coinvolte.

Alan, deciso a restare isolato per il resto della serata e dei festeggiamenti, non ha più accettato nessun tipo di confronto o di vicinanza, né da parte mia né da parte degli altri, vagando in solitudine ed escludendo anche amici e colleghi, come George o Jason. Inizialmente ha evitato anche Dan e Amelia Harding, i suoi amici appena arrivati da Londra, poi si è calmato e la situazione è tornata sotto il suo controllo. Qualche ora più tardi, mentre buona parte degli ospiti stava ancora festeggiando nel salone principale, George mi ha informata del fatto che Alan aveva lasciato la villa per tornare subito a Londra.

Dopo alcuni giorni, mi ha mandato un messaggio per informarmi della sua partenza per un importante viaggio di lavoro all'estero che ha ottenuto grazie all'intervento di Dan Harding, mi augurava il meglio ma mi comunicava allo stesso tempo che non intendeva più, da quel momento in poi, avere alcun contatto con me. Per cui, nel caso avessi cambiato idea, lui non sarebbe stato disponibile. Gli ho risposto augurandogli ogni bene e accettando la sua decisione. Pur rattristata dal modo in cui ci siamo lasciati, rispetto la sua volontà e mi sto convincendo che sia stata la scelta migliore per entrambi. Ho evitato di aggiungere che non è assolutamente nei miei programmi cambiare idea.

Amanda, invece, ha trovato qualcuno disposto ad andarla a prendere e se n'è andata immediatamente da Fairfield Manor, per rientrare nel suo appartamento di Hampstead che ha deciso di riarredare completamente con uno stile unico, in attesa di trasferirsi nella sua nuova casa. Come se volesse cancellare qualsiasi traccia residua della presenza di William nella sua vita. Tutto questo lo abbiamo scoperto dai suoi social, attraverso un post-sfogo destinato ai suoi follower diffuso ovunque, perché non ha più contattato William e nemmeno gli altri ospiti presenti nel corso di quei giorni fatidici che hanno preceduto il Capodanno. Anzi, in realtà, oltre a bloccare lui ha bloccato anche Charlotte, Edith e tutti coloro da cui si è sentita in qualche modo "tradita". È stata Charlotte, tramite un'amica in comune, a tenerci informati sugli sviluppi della questione e a raccontarci che Amanda ha creato anche una storia in cui metteva in evidenza un grande "unfollow" nei confronti di William, spingendo, anche se non esplicitamente, i suoi follower a seguire il suo esempio. Poi è partita, con alcuni amici influencer, per un viaggio alla riscoperta della natura, allo scopo di lasciarsi definitivamente alle spalle "un Capodanno da dimenticare" e buttarsi in "una nuova vita da costruire". Tra i partecipanti, Charlotte ci ha segnalato la presenza di Raphael Montgomery, il sommelier per cui Amanda aveva dimostrato una particolare simpatia.

Sasha, la dolce e timida food blogger intervenuta alla festa proprio in occasione della celebrazione del nuovo anno, si è mostrata subito disponibile ad aiutare William a recuperare i follower persi a causa della ritorsione di Amanda e ad aggiungerne di nuovi, dichiarando che non riteneva corretto usare la propria influenza per danneggiare professionalmente le persone. E ha coinvolto anche me in una nuova ed entusiasmante proposta di lavoro.

Edith, quando siamo tornati a Londra nei giorni successivi al Capodanno, mi ha chiamata alcune volte, inviandomi anche messaggi di sostegno. George ha fatto più o meno lo stesso con William. Entrambi hanno deciso di trattenersi più a lungo a Fairfield Manor, dopo l'esperienza, tanto che George ha deciso di prendere in mano la gestione e l'organizzazione degli eventi della tenuta, persuadendo Edith a lavorare insieme a lui come assistente per gli incontri culturali. Un colloquio con la direzione della villa li ha convinti a trattenersi ancora e a tornare nei mesi successivi, dove hanno già ricevuto le visite di Jason, Clay, Laura, Charlotte e altri ospiti.

Con Andrew, infine, William ha instaurato quella collaborazione di cui avevano spesso parlato nel corso degli anni precedenti e i progetti per i loro ristoranti vedranno i primi sviluppi già dai prossimi mesi.

Torno con la mente al presente, al momento che sto vivendo ora, insieme a William.

«Sei pronta a qualche mese impegnativo?» Mi chiede verso la fine del nostro pranzo speciale, con un tono quasi divertito. «Dovremo portare avanti i nostri progetti, ci sarà molto lavoro da organizzare e poi anche un po' di tempo da dedicare a noi stessi, finalmente.»

Annuisco, assaggiando un pezzetto del dolce che ci hanno appena portato.

«Lo so, ma sono convinta che ce la faremo, questa volta. Senza più paure, senza più incertezze.» Sorrido, posando la mano sulla sua. «Non a tutti è concessa una seconda possibilità.»

Le nostre dita si intrecciano con dolcezza e non ci sono parole per esprimere la gioia che provo in questo momento, la sensazione di pace e la felicità che vivo da quando William è rientrato nella mia vita.

Quando Edith e George ci raggiungono per salutarci, mi rendo conto che anche tra loro sta accadendo qualcosa di speciale.

«Sono così contenta che abbiate deciso di tornare!» Edith ci dimostra tutto il suo entusiasmo. Da quando l'ho incontrata qui la prima volta, sembra essersi trasformata, mostrandosi molto più sicura, determinata. E il suo aspetto ora è decisamente radioso.

«Mi sembra che il pranzo sia stato di vostro gradimento.» George ci scruta con attenzione, soddisfatto dei nostri progressi e orgoglioso di mostrarci il lavoro che sta portando avanti a Fairfield Manor. Poi si rivolge a William. «Stiamo iniziando a proporre alcune delle tue nuove ricette.»

«Sì, è tutto perfetto!» rispondo, con un sorriso. «Questo posto sarà sempre speciale per noi, nonostante tutto.»

«Grazie, George. Comunque, complimenti, ragazzi» aggiunge William, lanciando una rapida occhiata fuori dalla porta-finestra. «La villa è ancora più bella con questa nuova luce. E, come ha appena detto Daphne, per noi sarà sempre speciale. Quindi torneremo spesso, per ricordare come Fairfield Manor ha cambiato il nostro destino e per trovare ispirazione per le nostre scelte future. È un luogo magico, il luogo dove finalmente ci siamo ritrovati dopo esserci cercati per così tanto tempo.»

William

Tornare a Fairfield Manor è stato davvero emozionante, soprattutto all'inizio, e anche un po' sconvolgente, a dire il vero. Mi sono sentito confuso e in parte colpevole per come sono andate le cose con Amanda e Alan, che hanno deciso di chiudere definitivamente ogni rapporto con noi e forse anche con chi hanno considerato "dalla nostra parte". In ogni caso, ora più che mai, sono certo che sia stata la scelta giusta, per noi. Non solo giusta, è stata inevitabile. Mentre ci guardiamo intorno e torniamo a prendere confidenza con l'ambiente, provo una sensazione davvero gradevole, di familiarità, di casa.

Il rientro a Londra, dopo quella nostra folle notte di Capodanno, è stato incredibile ma allo stesso tempo straordinario. Come lo è stato rimettere insieme i pezzi delle nostre vite, del nostro passato e del nostro presente in un puzzle che, in modo del tutto eccezionale, combaciava ancora alla perfezione. Con genitori e amici un po' increduli ma felici della nostra decisione di concederci una seconda occasione.

Terminato il pranzo nella villa, io e Daphne decidiamo di fare una passeggiata nei dintorni, dopo aver salutato il personale, Ruben, Edith e George. Usciamo nei giardini di Fairfield Manor, attraversiamo i sentieri ora ricoperti soltanto da un leggero strato di brina.

«Mi sembra quasi passato un secolo dalla notte di Capodanno.» Daphne sospira, stringendosi nel cappotto e lanciandomi un'occhiata commossa. «Eppure, allo stesso tempo, ricordo proprio tutto nei minimi dettagli, come se fosse accaduto proprio ieri. Da quando mi stavo scaldando accanto al camino, poi mi sono girata, ti ho visto e… per poco non mi veniva un colpo!»

«A chi lo dici!» Le sorrido e annuisco. «Dopo averti vista al negozio di vini… ecco, da quel momento ho iniziato a pensare che forse il destino voleva comunicarci qualcosa. A me, sicuramente, che sono stato un cretino a non fermarti già dalla prima volta e che lo avrei rimpianto per il resto della mia vita!»

Cerco di scherzare, ma anche io ricordo i turbamenti, gli sguardi rubati, fino al desiderio di confessarle i miei sentimenti per lei, di stringerla, di baciarla… ma l'iniziale impossibilità di seguire il mio cuore a causa delle circostanze.

«Anche per me è lo stesso. È stato tutto complicato, fin dall'inizio… A volte il destino può essere un po' crudele, beffardo, ma alla fine ci ha permesso di scoprire chi siamo e di porre rimedio ai nostri errori.» Daphne sospira e mi sfiora il viso con le dita. «Una volta, proprio mentre mi sentivo ancora persa, disorientata, Ruben mi ha detto che Fairfield Manor potrebbe essere un luogo magico, in grado di far riemergere i sentimenti veri delle persone. Io… inizio a credere che abbia davvero ragione.»

«Sì, lo credo anche io.» Le sollevo il viso e le bacio le labbra, attirandola a me fino a farla aderire al mio corpo. Poi la guardo negli occhi e sospiro. «Forse il destino avrebbe trovato un altro modo… ma noi avremmo rischiato di perdere altro tempo se non ci fossimo ritrovati qui.»

Daphne annuisce, si aggrappa al mio braccio, solleva lo sguardo verso il cielo limpido per poi spostarlo sul terrazzo dove ci siamo trovati a pochi minuti dal nuovo anno.

«Proprio lì, al momento dei fuochi d'artificio… è come se il mondo fosse stato messo a tacere soltanto per noi. Ho sentito che i miei sentimenti per te non erano mai svaniti dal mio cuore. E quando mi hai detto che anche per te era lo stesso, ho compreso che non sarei più dovuta scappare, che non avrei più rischiato di soffrire come in passato.»

Mi fermo, attirandola ancora a me, e la guardo negli occhi.

«Quello è stato il nostro momento, Daphne. E adesso siamo di nuovo qui. Abbiamo ancora molto da costruire insieme, ma io sono davvero pronto, questa volta.»

Le accarezzo il viso, poi appoggio la fronte alla sua. Infine, la bacio nuovamente sulle labbra, un bacio profondo, appassionato. E mentre i nostri respiri e le nostre lingue si intrecciano, un vento leggero muove i rami degli alberi sopra di noi.

Poco dopo, decidiamo di rientrare alla villa per un ultimo saluto prima di partire. Saliamo fino al terrazzo panoramico, lo stesso in cui ci siamo ritrovati al culmine della notte di Capodanno. Stavolta, però, la vista è diversa, il sole invernale illumina il giardino circostante e un senso di pace aleggia nell'aria.

«Guarda laggiù.» Daphne indica la campagna inglese che si apre all'orizzonte, con le colline lievemente colorate di verde e i profili degli alberi ancora spogli. «È tutto così chiaro, così luminoso, ora. Proprio come spero sia il nostro futuro insieme.»

Annuisco, cingendole la vita con un braccio. «Ho intenzione di prendermi un po' di tempo per sistemare i progetti in corso. Poi dedicarmi anche a noi, a ciò che potremmo realizzare insieme, se lo vorrai. Magari potrei aprire un secondo ristorante, con la collaborazione di Mark e di Andrew, e avere la consulenza di una copywriter eccezionale... Anche se temo che dovrò mettermi in fila, ora che stai per avviare il tuo nuovo progetto di marketing insieme a Sasha.»

«Troverò qualche ritaglio di tempo per dedicarmi anche a te, tranquillo!» Daphne sorride felice, circondandomi la vita con le braccia. «Non vedo l'ora di creare insieme un nuovo menù e poi una nuovissima e sorprendente campagna pubblicitaria che spieghi al mondo quanto sono buone le tue ricette!»

Ci abbracciamo in silenzio, godendoci il panorama e il momento magico, il nostro amore che sta finalmente tornando davvero a splendere.

Giunta l'ora di ripartire, dopo aver salutato ancora una volta Ruben, Edith, George e il personale della villa, ci incamminiamo verso la macchina. Sto per salire ma vedo Daphne fermarsi e voltarsi ancora una volta a guardare Fairfield Manor con un misto di malinconia e affetto. Credo di riuscire a comprendere le sensazioni che animano il suo cuore. Qui abbiamo vissuto uno dei nostri momenti peggiori e, allo stesso tempo, uno dei migliori che ha contribuito a ciò che siamo ora, alla crescita del nostro amore.

«Sei pronta, Daffy?»

«Più che pronta, Liam!» Mi risponde con un sorriso felice. «Ma la prossima volta resteremo qui un po' più a lungo, vero?»

«Certo, amore. Contaci!»

Dopo un'ultima occhiata alla villa, saliamo in macchina e metto in moto. Mentre l'auto sfila via lungo il viale, Fairfield

Manor rimane alle nostre spalle, imponente e serena, custode di un pezzetto importante della nostra storia. Ma il futuro, quello vero, si apre di fronte a noi, nella promessa di un amore finalmente ritrovato, rinnovato, pronto a sbocciare di nuovo e a crescere con il tempo, giorno dopo giorno.

RINGRAZIAMENTI

Ringrazio con tutto il cuore chi ha voluto leggere questa storia arrivando fino a qui. Per me è stata una sfida scriverla, concentrando tutte le emozioni, presenti e passate, di Daphne e William in così pochi giorni, permettendo comunque loro di evolvere e di ritrovarsi dopo essersi persi per tanto tempo, di cambiare il destino e tornare ad amarsi. Mi sono divertita anche con i personaggi, un po' estremi, di Alan e Amanda, così particolari e diversi dai due protagonisti. E con tutti gli altri personaggi che girano intorno ai nostri due "ex a sorpresa".

Ringrazio Londra e la campagna del Gloucestershire, luoghi che amo e di cui conservo ricordi indelebili. Ringrazio la villa di Fairfield Manor, nata dalla mia immaginazione ma che mi piacerebbe esistesse davvero. Anzi, magari esiste davvero anche se con un altro nome e un giorno la troverò!

Ringrazio Ghostly Whisper Ltd., la mia casa editrice, e i miei correttori di bozza.

Ringrazio la mia famiglia per il sostegno costante e per l'incoraggiamento a non abbandonare mai la scrittura.

Ringrazio tutti voi, lettrici e lettori, per essere arrivati fino a qui, per avermi concesso il vostro tempo e la vostra fiducia.

Alla prossima storia!

Barbara Morgan legge e scrive da sempre. Predilige urban fantasy, horror, distopici e fantascienza ma si avventura spesso in altri generi. Lavora nell'ambito della scrittura, dell'editoria e della moda. Laureata in lingue e letterature straniere, specializzata in letteratura inglese, letteratura americana e letterature comparate, ha vissuto tra Inghilterra, Francia, Italia, Svizzera e Stati Uniti, per poi trasferirsi in Irlanda, dove organizza eventi culturali e book club. Traduce dall'inglese, dal francese e dallo spagnolo.

Ghostly Whisper, la Casa Editrice che ha fondato in Irlanda, è un po' la sua storia.

Website: https://www.barbara-morgan.com

Facebook: https://www.facebook.com/BarbaraMorganAuthor
https://www.facebook.com/EXBondsSeriesBarbaraMorgan

Instagram: https://www.instagram.com/barbaramorganbooks
https://www.instagram.com/exbonds_bookseries

X: https://x.com/BabsiMorgan

Threads: https://www.threads.net/@barbaramorganbooks